沼底から

宮緒 葵

キャラ文庫

この作品はフィクションです。
実在の人物・団体・事件などにはいっさい関係ありません。

目次

沼底から……5
書き下ろし番外編……248
あとがき……246

口絵・本文イラスト／北沢きょう

こけら葺《ぶ》きの数寄屋門をくぐると、照りつける日差しがにわかに和らいだ。全身に纏《まと》わり付く温《ぬる》い空気は糸を弾《はじ》いたように揺れ、熱を失う。額に滲《にじ》んでいた不快な汗が、すうっと引いていく。

「琳太郎《りんたろう》様、大丈夫ですか？　そこの木陰で、少し休みましょうか？」

思わず立ち止まり、深呼吸をしていると、先導する初老の男が振り返った。同じく炎天下をえんえんと歩き続けてきたにもかかわらず、暑さが堪《こた》えた様子は無く、足取りもしっかりしたものだ。

「いえ、平気です。外は暑かったのに、このあたりはずいぶん涼しいなと思っただけで」

饗庭《あえば》琳太郎は慣れない呼ばれ方に戸惑いつつ、首を振った。

今日はこの夏一番の暑さだそうで、さっきまでは熱中症を起こしそうだったが、だいぶ楽になった。まるで冷たい水に浸したようなひんやりとした手に撫《な》でられているような感覚は、どこか懐かしい気がする。この村で暮らしていた頃の記憶はほとんど無いが、身体《からだ》は覚えているのだろうか。

「何と言っても、饗庭家は竜神様の…水神のご加護を受けていらっしゃいますからな。どんな猛暑の年でも、お邸《やしき》の敷地内は不思議と爽《さわ》やかなんですよ」

「……はあ、竜神様…ですか」

「ええ。饗庭のお家のおかげで、我ら村の者も安泰に過ごせとります。本当にありがたいことですわ」

拝む仕草をする男は真剣そのもので、冗談を言っている気配は無い。この現代に、竜神だの水神だのの存在を本気で信じているのだ。

……本当に、こんなところに来て良かったのだろうか。

今更ながら後悔する。ある一点を除けば、琳太郎は大学に進んだばかりの、ごく普通の男なのだ。

背は高くも低くもなく、亡き母親譲りの顔は琳太郎の憧れる男らしさや迫力からは程遠い。数少ないサークルの女友達には、磨けば光る逸材だからぜひいじらせて欲しいとよくせがまれるが、十代前半のメンバーばかりで構成された美少年アイドルグループの追っかけに言われても嬉《うれ》しくなかった。高校生か、下手をすれば中学生に間違われてしまう童顔は、琳太郎のコンプレックスでしかないのだ。

趣味が共通する友人とは打ち解けて話せても、それ以外の同級生とは大学の前期を終えても未《いま》だ挨拶すらままならない。クラスメイトたちから根暗なオタクと陰口を叩《たた》かれている自分が、良家の子息扱いされるのは居心地が悪すぎる。

それに、十五年前の事件は、この村ではまだ風化していないはずだ。その証拠に、すれ違う村人たちは、琳太郎が乗った車に畏怖と好奇の入り混じった視線を無遠慮に突き刺してきた。邸の中に入ったらどうなるのか、想像するだけで憂鬱だ。

現代文明から取り残された山奥の村だの、竜神様の伝説だの、因習に染まりきった村人だの、そんなものはミステリの中だけにして欲しい。現実の田舎村には、どこの名探偵も颯爽《さっそう》と助けに現れてはくれないだろうから。今頃、サークル仲間たちは真夏最大のイベントに備えて軍資金稼ぎに精を出していると思うと、よけいに虚《むな》しさがつのる。

「さ、琳太郎様。お邸はもうすぐです。あと少しだけ、頑張って下されや」

男は琳太郎を励まし、歩き出した。

琳太郎より逞《たくま》しい肩に担がれたスポーツバッグは、琳太郎が持ち込んだものだ。山奥では未だにインターネット接続環境を確保出来ないことがあると聞き、着替えに加えて十冊以上の本を詰め込んだせいで、かなり重たい。琳太郎は常に活字を目にしていなければ落ち着かない、重度の活字中毒なのである。

祖父と同年代の男に持たせるのはどうにも気が引けるのだが、琳太郎が何度自分で持つと申し出ても『饗庭の若様に荷物持ちをさせるなんて、とんでもない』ときっぱり断られてしまうのだから仕方が無い。

「…は、はい」

琳太郎は不承不承、男の後を追った。どんなに気が進まなくても、ここで帰るわけにはいかないのだ。数日前に亡くなった父の葬儀に参列するために、琳太郎は生まれ故郷でもあるこの村を訪れたのだから。

邸に続く石畳を進みながら、琳太郎は男に気付かれないよう、きょろきょろと視線をさまよわせた。

饗庭家の本邸は、山奥の村の、更に奥にあり、そこに到る山道は大人二人がやっと並べるほどの細さで、車は侵入出来ない。

山道の入り口で送迎の車を降り、案内役の男と共にどうにか山道を上った琳太郎の度胆《どぎも》を抜いたのは、どこまでも続く白い築地塀《ついじべい》だった。塀に沿って植えられた背の高い木々が威圧感を倍増させており、まるで要塞《ようさい》だ。

しかし、門をくぐって敷地の中に入れば、青々とした芝生や品良く配置された植木のおかげか、圧迫感はさほど無い。たっぷり空間を取った前庭には、こんな山奥でよくぞ、と感心してしまうほど豊かな水を湛《たた》えた大きな池まであって涼しげだ。

——俺、三歳までここに住んでたんだよな……。

どこか覚えている場所は無いかと記憶を手繰るが、何も引っかからない。

代わりに浮かんでくるのは、ひんやりとした優しい手。こんなに綺麗《きれい》な人は他のどこにも居ないだろうと、子ども心にも感嘆せずにはいられなかった美貌。自分だけに向けられる微笑《ほほえ》み。烏《からす》の濡《ぬ》れ羽色をした、かぐわしい髪。琳太郎の記憶の中にしか存在しない、二人だけの、優しい空間……。

「琳太郎様、着きましたよ」

男が石畳の脇に据《す》えられたつくばいまで下がり、琳太郎を脳内の幻想から引き戻した。

「…ここが、饗庭の邸…」

広大な敷地と庭園に相応《ふさわ》しい、荘厳な佇《たたず》まいの日本家屋に圧倒される。饗庭家は苗字を許された名主の家柄だそうだが、下手な武家よりも遥《はる》かに暮らし向きは裕福だったのだろう。長い年月にいぶされた黒銀色の屋根瓦は鈍い輝きを帯びており、鬼瓦の竜の細工は見事としか言いようが無い。

使われている木材も、種類まではわからないが、一般住宅とは明らかに次元の異なる高級感を漂わせている。いずれも名工に依頼し、金に糸目をつけず設《しつら》えさせたに違いない。

現代では、同じものを造るのは不可能かもしれない。見れば見るほど、琳太郎には分不相応な邸宅である。

「中で奥方様と義兄《あに》君様がお待ちかねのはずですから、早く行って差し上げて下さい。お荷物は座敷の方へ運んでおきますんで」

「えっ？　あの…俺だけで入るんですか？」

別方向に歩き出した男を、琳太郎は思わず引き止めてしまった。てっきり中まで付いて来てくれるものだと思っていたのだ。

自分の生まれた家とはいえ、初めて訪れたに等しい場所である。ついさっき会ったばかりでも、見知った人間が居てくれれば、少しは緊張も和らぐのに。

「中までご案内したいんですが、村の決まりだもんでしてねえ。お邸の正面玄関から入っていいのは、饗庭の家の者だけってことになってるんですよ。それ以外の人間は竜に喰《く》われちまうってんで、村の者はみんなあっちの勝手口から入らせてもらっとるんですわ」

男が指し示した先、築地塀の片隅にはさっきの数寄屋門に比べればだいぶ質素な入り口があり、喪服姿の男女がひっきりなしに出入りしていた。村人たちが弔問《ちょうもん》を兼ねて手伝いに来たらしい。

「…あら…、あの子……」

琳太郎に気付いた中年の女性が連れの肩を叩き、何やらひそひそと話している。幼い頃の琳太郎を見知っているのだろうが、ちらちらと投げかけられる視線に懐かしさや親しみが微塵《みじん》もこめられていないあたり、十五年前の事件の影響に違いない。

「あいつら、しようのない…すみません、琳太郎様。あいつらには良く言っておきますんで、許してやって下さい」

男は舌を打ち、深く一礼すると、スポーツバッグを担いだまま勝手口の方へ小走りで去ってしまった。

「…人を喰うって…」

一人残された琳太郎はごくんと息を呑《の》み、鬼瓦を見上げる。大きく開かれたあぎとから覗《のぞ》く鋭い牙が、陽光を弾いてぎらりと光った。

琳太郎は慌てて目を逸《そ》らし、硝子《ガラス》を嵌《は》め込んだ檜格子《ひのきごうし》の玄関の引き戸に手をかける。

「……あの子が、忌み沼で神隠しに遭った……」

からからと滑る引き戸に、さっきの女性の声が被《かぶ》さった。

――忌み沼。

不穏な響きの言葉に振り返れば、案内役を務めてくれた男が女性をたしなめ、邸の中へと引っ張って行くところだった。

思わず追いかけようとした琳太郎に、邸の中から誰かが呼びかける。

「琳太郎さん」

「……ッ…」

心臓が、氷の手で鷲摑《わしづか》みにされたように縮み上がった。鮮やかな夏の庭園が…琳太郎を囲む全てが急速に凍り付き、ひび割れ、砕け散っていく。

ここでようやく、琳太郎はずっと引っかかっていた小さな違和感の正体に気付いた。邸の外では煩《うるさ》いくらいだった蟬《せみ》が、ちっとも鳴いていないのだ。邸の周りには、虫の棲《す》み処《か》に適した木々が無数に植えられているのに。

「どうぞお入りになって。外は暑かったでしょう?」

……ああ、いつまでも聞いていたくなるこのしっとりした声を、蟬も邪魔したくないのかもしれない。

馬鹿げたことをぼんやり考えながらふらふらと入った玄関には、ゆかしい香りがほのかに漂っていた。祖母が好きでよく焚《た》いている香とは違う、どこか懐かしくなる匂いを纏《まと》わせた人物が、上がり框《がまち》の手前で正座している。

「遠いところをお疲れさまでした。お帰りなさい、琳太郎さん」

「お帰りなさいませ、琳太郎様」

ねぎらいの言葉に合わせ、畳敷きの取次ぎに並んだ大勢の使用人が一斉に唱和し、衣擦《きぬず》れの音をたててぬかずいた。

物語の中でしか遭遇したことの無い光景に呑まれてしまわなかったのは、決して琳太郎の胆が据わっていたからではない。たった一人だけ顔を上げ、微笑みかけてくれるその人に見惚《みと》れていただけの話だ。

涼やかな切れ長の双眸《そうぼう》に、吸い込まれてしまうかと思った。

今まで読み漁《あさ》ってきた数多《あまた》のストーリーは、いずれも人気イラストレーターがイラストを担当し、魅力的なヒロインに夢中にさせられてきたものだが、もう彼女たちに入れ込むのは無理かもしれない。現実の世界で、ここまで麗しい人間を拝んでしまっては。

深淵《しんえん》からこんこんと湧《わ》き出る水のように清らかでいて、眼差《まなざ》しを合わせるだけで卒倒しそう

なほどあだっぽい。おそらく二十代の半ばか後半だと思うが、断定は出来なかった。白くなめらかな肌は十代の瑞々《みずみず》しさを有しているし、まばたき一つでどんな朴念仁も虜《とりこ》に出来るだろう色香は、年輪を重ねた者だけが醸し出せるものだ。

正座していても、その身体はモデルも裸足で逃げ出しかねない絶妙の均整を保っているのがわかる。

紋付の着物は喪を表す黒、艶《つや》の消された帯も黒と黒一色の装いだが、夏用の絽《ろ》の生地が下に纏った長襦袢《ながじゅばん》の白を透かし、なんともなまめかしい。こんな佳人に悼《いた》まれては、死人も未練のあまり成仏出来ないのではないかと、ありえない心配が湧いてくる。

……けれど。

じわじわと戻り始めた理性が、疑問を投げかける。

……どんなに綺麗でも…この人は、男じゃないか……。

琳太郎をじっと見詰める佳人は、あでやかであっても決して儚《はかな》げではなく、女性らしい丸みに欠けている。淑《しと》やかな喪服の下には、女子並みに細いと揶揄《やゆ》される琳太郎よりもよほど逞しい筋肉に覆われた肉体が息づいているだろう。それでも女物の喪服を違和感無く、女よりも見事に着こなしているのは、圧倒的な美貌のなせるわざだろうが。

どうして男が饗庭家の使用人たちを従え、琳太郎を出迎えるのか。案内役は、奥方様と義兄君が…琳太郎の義母と義兄が待っていると、確かに言ったはずだ。

「私は理一郎《りいちろう》さんの妻、璃綾《りりょう》と申します。琳太郎さんのお母様…香澄《かすみ》さんが亡くなり、琳太郎さんが村を出られた後、後添えに迎えて頂きました」

佳人がしとやかに名乗ると、琳太郎はますます混乱してしまった。亡き父の妻だというのなら、女性であるはずにもかかわらず、姿勢を戻した使用人たちが困惑する様子は無い。

ごく自然に、璃綾を女主人として受け容《い》れているようだ。

「お父様を亡くされましたこと、心からお悔やみ申し上げます。生《な》さぬ仲とはいえ、私は琳太郎さんの母親。私に出来ることがありましたら、何なりとおっしゃって下さいね」

慈愛に満ちた微笑みに、普段は心の奥底に追いやっている記憶を揺さぶられる。

そうだ。どうして今まで忘れていられたのだろう。誰にも信じてもらえなかった…子どもの妄想だと否定された思い出の中、いつも琳太郎に優しく微笑んでくれた人は、確かにこんな顔をしていたのに。

蕩《とろ》かすように愛された喜び。いきなり離れ離れにされた悲しみ。求めても満たされない切なさ。抑え込んできた感情が混じり合い、堰《せき》を切ったように溢《あふ》れ出す。

「…おかあ、さん…」

ぽろりとこぼれた涙が落ちる前に、琳太郎は喪服の袖に包み込まれた。初対面でいきなり泣き出した義理の息子を、璃綾は白足袋が汚れるのも構わず三和土《たたき》に降り、抱き締めてくれたのだ。

目の前に、貞淑に閉ざされた喪服の胸元がある。予想よりずっと背が高く、琳太郎一人を支えたくらいではびくともしないだろう頼もしい胸に、琳太郎はためらいもせずにもたれかかった。それが当然だと、その時は思えたのだ。

「かわいそうな琳太郎さん…まだこんなにお若いのに、お母様ばかりか、お父様まで亡くされて…」

ひんやりした素肌とは裏腹に、璃綾はねっとりと熱く琳太郎に囁《ささや》きかける。蟬時雨《せみしぐれ》どころか、大勢の使用人たちの息遣いすら聞こえなくなる。

「でも、大丈夫。琳太郎さんには、この私が付いていますからね……ええ、どんな時だって……」

……あの子が、忌み沼で神隠しに遭った……。

璃綾に背中を撫でられた瞬間、何故《なぜ》かさっきの女性の言葉が脳裏に浮かんだ。

琳太郎の父の実家、饗庭家は、数百年以上もの間、淵上《ふちがみ》村の長として君臨してきた旧家だ。行政組織が整った現代においても、村人たちの信仰に近い敬意を集め、強い影響力を有している。近隣の有力者は、何かあるたびに高価な手土産を携え、饗庭家当主の機嫌を伺いに訪れる。

それというのも、遥か昔、饗庭家の祖先が傷付いた竜神に出逢《であ》い、その祈りで竜神を慰めたと伝わるからだ。

感じ入った竜神は、特別に、己の棲み処でもある神域の滝――生滝《なるたき》の水源に足を踏み入れ、水を汲《く》む許しを与えた。饗庭家の当主しか汲めないその水は変若水《おちみず》と呼ばれ、人を若く保つ御利益があるそうで、数代前の当主が変若水入りの美容水を造り出したところ、法外な高値だったにもかかわらず、富裕層の女性たちが競って買い求めた。ほんの数滴飲んだだけで肌はあらゆる悩みから解放され、少女のように潤うというのだ。

女は若さと美しさを保つためなら金を惜しまない。饗庭家はたちまち莫大《ばくだい》な資産を築き、村もその恩恵に与《あずか》った。山深い村ではろくに作物も育たなかったが、村人たちは美容水の製造に従事することできつい農作業から解放された上、安定した収入を得られるようになったのである。

琳太郎の祖父の代からは企業の形態を取った。従業員のほとんどは村人か、その縁者だそうだ。『ＥＶＥＲ』と名付けられた会社は、大手化粧品メーカーに比べれば小規模だが、顧客名簿には政財界の大物の夫人や有名女優などが名を連ね、売上は右肩上がりを続けているらしい。地位と名誉、そして富をもたらした饗庭家が淵上村で崇《あが》められるのは、当然の話だった。

琳太郎は二十一年前、当主の理一郎と、その妻である母、香澄の間に生まれた待望の長男である。

次の当主の誕生は村じゅうで歓迎された。琳太郎の成長を祝う儀式のたびに村人たちが邸に詰めかけ、お祭り騒ぎだったという。

しかし、そんな村の空気は、琳太郎が三歳を迎えた年に一変した。母の香澄が琳太郎と共に姿を消し、翌日、香澄だけが遺体となって村外れの菖蒲《あやめ》沼に浮かんだのだ。

死因は心臓麻痺《まひ》だった。元々心臓の弱かった香澄は、沼に転落し、水の冷たさに耐え切れずに死んでしまったらしい。

村人たちは警察の協力も要請し、懸命に琳太郎の行方を捜索した。徹底した山狩りが行われ、何人ものダイバーが沼に潜った。だが琳太郎はいっこうに発見されぬまま、三年が経過してしまった。

もはや、琳太郎の生存を信じる者は皆無に等しかった。菖蒲沼は広く、透明度が低い上に、落ちたら二度と浮かんでこない底無し沼だと伝わっている。香澄の遺体が浮かんだのも、奇跡だと騒がれたほどだ。

琳太郎は沼底に絡め取られ、浮かんで来られないに違いない。遺体無しで葬儀を出し、幼子の魂を慰めてやるべきではないかと村じゅうで囁かれ始めた——そういう時だったそうだ。行方不明になった三歳の姿のままの琳太郎が、ふらりと村に戻って来たのは。

とうに死んだはずの子どもが生きていたばかりか、一切歳《とし》を取っていなかったのだ。静かな山村は、上を下への大騒ぎになった。一時はミステリアスな事件を嗅《か》ぎ付けたマスコミが村に殺到したそうだが、父の理一郎が圧力をかけたおかげで、報道されずに済んだ。

琳太郎はひとまずふもとの病院に入院し、精密検査を受けた。何者かに監禁され、虐待を受けていた可能性が疑われたのだ。巨万の富を築いた饗庭家には敵も多い。饗庭家に恨みを持つ人間が香澄を沼に突き落として殺し、琳太郎を誘拐した可能性は高かった。

だが、結果はどこにも異常無し。むしろ、生まれつきの喘息《ぜんそく》の症状が完治しており、失踪前よりも健康だと診断された。

幼子は両親と引き離されただけでも強いストレスを受け、心身のバランスを崩すものだ。もしも誘拐されていたのだとしたら、よほど大切に扱われたのだろうと主治医は推察したが、饗庭家に恨みを持つ者がそんな真似《まね》をするわけがない。

三年もの間、どこでどう過ごしていたのか。どうして、共に居たはずの母親だけが沼に落ちて死亡したのか。

警察は懸命に事情を聞き出そうとしたが、琳太郎は口を閉ざし続けた。やがて事件は迷宮入りとなり、数々の謎だけが残された。

——饗庭の若様は、菖蒲沼の大蛇にさらわれたんだ。

あの頃、琳太郎を見かけるたび、村人たちはそう囁き合った。

竜神の棲み処、村の聖域と崇められる生滝とは反対に、母の遺体が浮かんだ菖蒲沼は村じゅうに忌避されていた。遥か昔、このあたりを暴れ回り、悪逆の限りを尽くした大妖…大蛇が竜神に成敗され、封じられた沼だと伝わるからだ。竜神が饗庭の祖先と巡り会うきっかけとなった傷も、大蛇の反撃によって負ったものだと言われていた。

——歳を取ってないのも、神隠しにされていたせいだ。饗庭の跡継ぎが、大蛇に魅入られてしまった……。

そんなふうに噂《うわさ》される息子を、跡継ぎとして育てるわけにはいかなかったのだろう。父は琳太郎を村から出し、都心のほど近くに住む香澄の両親に預けた。

幸い、母方の祖父母は複雑な事情を持つ孫を快く受け容れ、可愛《かわい》がってくれた。事件を知る者が一人も居ない環境も良かったのだろう。祖父母に惜しみ無く愛情を注がれ、琳太郎はすくすく成長し、大学にも進めた。現役入学なのに戸籍上の年齢は二十一歳でも、自ら申告しない限り誰にもわかりはしない。

成長する過程で漫画やアニメの世界にどっぷり嵌まり、たいがいの女子には引かれる立派なオタクになってしまったが、都心の大学なら仲間を探すのも容易だ。琳太郎は同じ趣味を持つ仲間たちが集うサークルに入り、琳太郎なりに大学生活を楽しんでいた。

父は仕送りこそ欠かさないが、電話の一本も寄越さない。死ぬまで生まれ故郷に戻ることは無いのだろうと、琳太郎は思っていた。

しかし、大学最初の夏休みに入ったばかりの昨日、饗庭家の顧問弁護士が祖父母と暮らす家を訪れたのだ。

『一昨日、ご当主様…理一郎様が亡くなりました。私は生前の理一郎様より、遺言書を預かっております。つきましては、琳太郎様には理一郎様の葬儀にご参列の上、遺産分割協議に参加して頂きたいのです』

弁護士の説明で初めて知ったのだが、理一郎は琳太郎を祖父母に預けた数年後に後妻を迎えたのだという。二人の間に実子は生まれなかったものの、後妻の連れ子である息子が理一郎と養子縁組し、饗庭の籍に入っていた。息子は琳太郎より数か月だけ年長だそうだ。

父の突然の死よりも、知らぬ間に義母と義兄が出来ていたことの方が、琳太郎には衝撃的だった。我ながら薄情だとは思うが、もう声も覚えていない父は、血が繋《つな》がっているだけの他人である。家族と言えば、育ててくれた祖父母だけだ。

正直言って、帰りたくはなかった。

琳太郎のような趣味の持ち主にとって、夏は様々なイベントが目白押しの季節である。積んでいたゲームや本を消化したり、お盆に開催される大規模同人誌即売会に友人たちと参戦したりと、楽しい予定をしっかりと立てていたのだ。

饗庭家の莫大な資産に興味は無い。義母と義兄たちだけで分ければいい。自分は大学を卒業後、こちらの企業に就職し、適度に趣味を楽しみながら祖父母に恩返しをしていきたいと思っている。

琳太郎はそう主張したが、弁護士は譲らなかった。

『琳太郎様は、奥様がたと並び、理一郎様の法定相続人のお一人です。遺言書を開封する際、法定相続人全員が内容を確認し、合意しなければ、遺産分割協議は有効に成立しないのです。理一郎様が急死され、饗庭家も淵上村も混乱しております。琳太郎様がお戻りにならなければ、更なる混乱は免れません』

そこまで言われては、琳太郎も断りきれなかった。弁護士曰《いわ》く、どうしても相続したくなければ放棄も可能だそうだし、他人同然でもやはり父親は父親だ。最期の別れくらいはするべきだと祖父母に諭され、重い腰を上げる気になった。

そうして今日、琳太郎は饗庭家が寄越した迎えの車に乗り込み、片道五時間かけて生まれ故郷に辿《たど》り着いた。淵上村は周囲を切り立った山に囲まれ、未だ電車などの公共交通機関は通っておらず、交通手段は車のみ。陸の孤島と呼ぶに相応しい場所である。

父の葬儀に参列し、遺産分割協議を終えたらすぐにでも帰ろうと思っていた。この要塞のような邸で、ゆっくりくつろぐつもりなど無かったのに……。

「まだお休みになっていなければいけませんよ、琳太郎さん」

琳太郎が柔らかな布団から起き上がろうとしたのを見計らったように障子を滑らせ、璃綾が入ってきた。足音もたてずに素早く近寄ってきたかと思えば、ずれかけていた夏掛けをさっとかけ直す。

「琳太郎さんはついさっき、お倒れになったばかりなのですから。せめて夜までは眠っていらっしゃらないと」

「た…、倒れただなんて…」

あまりに大げさだ。琳太郎は内心呆《あき》れてしまった。

璃綾に抱き締められた後、何故か頭がくらくらとしてよろけてしまったが、すぐに良くなった。おそらく、暑い山道を歩いてきたせいで、立ちくらみを起こしただけだろう。

なのに璃綾は血相を変えて琳太郎を抱え上げ、室内に運び込むや、強引に布団に押し込めた。更に、饗庭家の主治医に往診までさせたのだ。

主治医の診立ても軽い暑気中《あた》りで、激しい運動をしなければ起きていて構わないと言われたのが二時間ほど前。琳太郎は未だに寝かされている。起きようとするたび璃綾がこうして現れ、引き止めるせいで。

「俺は、父さんのお葬式に参列するために来たんですから…こんなところで寝てたらいけないと思うんですが…」

「そんなこと、琳太郎さんが気になさらなくても良いのです。もう亡くなってしまった人より、琳太郎さんのお身体の方が遥かに大切なんですから」

ごくまっとうなはずの主張も、璃綾には通用しない。継子《ままこ》への遠慮や媚《こ》びではなく、本気でそう思っているのが伝わってきて、琳太郎は気まずくなってしまった。亡き父と璃綾の夫婦仲は、あまり良くなかったのだろうか。

もっとも、父と璃綾に夫婦という表現を当て嵌めること自体ためらわれる。琳太郎の目には、どうしても璃綾が男に見えるからだ。

邸の使用人たちは皆、喪服姿の璃綾を何の違和感も抱かず「奥様」と呼び、忙しそうに立ち働いていた。普段はふもとの病院に勤務しているという主治医も、ごく自然に奥方として接していた気がする。

亡き父が女よりも美しい璃綾を見初めて強引に妻に迎え、周囲にも女として扱うよう強制していた――この村ならありえなくもなさそうな話だが、使用人たちは勿論《もちろん》、本人にずけずけと尋ねるわけにもいかない。

琳太郎の居ない間、この邸の中で何が起きていたのだろう。璃綾は……記憶に刻まれたあの人と同じ美貌を持つ義母は、琳太郎を優しくいたわってくれた腕で、亡き父も抱いたのだろうか……。

「う…っ…」

ふいに、璃綾のひんやりした手に額を撫でられ、琳太郎は布団の中で身じろいだ。思わず眼差しで責めれば、璃綾は切れ長の双眸をゆるりと細める。

「急に色々とありましたから、琳太郎さんはご自分で思っているよりもずっと疲れていらっしゃるのですよ。無理をなさらず、お休みになって下さい。弔問客は夜まで絶えないでしょうが、琳太郎さんがわざわざお相手をなさる必要はありません」

　同じサークルに所属する声優マニアの女友達にも絶賛されそうなしっとりとした声は、どこか甘く蠱惑的《こわくてき》で、いつまでも聞いていたくなる。額に置かれたままの掌《てのひら》からほのかに漂う香りが、奇妙に胸を騒がせる。

「あの…璃綾さ……っ？」

　おずおずと呼びかけようとして、琳太郎は言葉に詰まった。慈愛に満ちていた璃綾の美しい顔が、悲しみに歪《ゆが》んだのだ。

「…ごめんなさい、琳太郎さん。お倒れになったのは、私のような者がお邸に入り込んでいて、気分を悪くされたからだったんですね…」

「な…、何でそんなことを言うんですか？」

「だって琳太郎さん、さっきは私をおかあさんと呼んで下さったのに、今は他人行儀な呼び方を…。使用人の前だから、気を遣って下さっただけだったんですね」

「あ、いや、その…それは…違うんです！」

　予想外のなりゆきに、琳太郎はがばっと上体を起こし、驚く璃綾の手を握り締めた。スキンシップどころか、同じ趣味の主ではない人間と会話することすら苦手な琳太郎だが、不思議とためらいは無い。

「さっきは、璃綾さんを呼んだんじゃないんです。璃綾さんが…その、俺の大切な人にすごく似ていたから、つい出てしまっただけで…」

「大切な人…？　亡くなったお母様ですか？」

「いえ、そうじゃなくて…」

祖父母に見せてもらった写真の母は清楚《せいそ》な美人だったが、璃綾とは似ても似つかない。物心つく前に死に別れてしまったから、親子らしい時間を過ごした記憶もほとんど残っていない。

琳太郎が『おかあさん』と呼ぶのは、産んでくれた母の香澄ではなく、この世に存在すらしないかもしれない人だ。

十五年前、琳太郎は警察に何を聞かれても答えず、警察は琳太郎が行方不明の間の出来事を覚えていないと判断した。

……だが、本当は違うのだ。琳太郎はちゃんと覚えていた。青い光が揺らめく不思議な場所で、とても美しい人と共に、穏やかな日々を過ごしていたことを。

『私の可愛い子。誰よりも愛《いと》しい子』

目が合うたび、その人は愛しくてたまらないとばかりに微笑み、膝に乗せて抱き締めてくれた。琳太郎の疑問には何でも答え、たくさんの面白い話を聞かせてくれた。だから琳太郎はその人を――『おかあさん』を、母親だと信じ込んだ。まさか本当の母親が亡くなり、父や村人たちが必死に自分を探しているなど、想像もしなかった。

ずっと一緒に居ると約束してくれたのに、優しい『おかあさん』はある日突然消えてしまった。琳太郎は青い光の空間から追い出され、気が付けば、驚愕《きょうがく》を顔に貼り付けた父親が目の前に立っていたのだ。

『琳太郎…お前、今までどこに居た？　その姿は何なんだ⁉』

琳太郎は『おかあさん』と過ごした日々について懸命に説明し、『おかあさん』に逢いたいと訴えたが、返されたのは化け物でも見るかのような父の眼差しだった。

『馬鹿を言うなっ！　お前の母親は…香澄は、お前が行方不明になった三年前に死んでいる。幽霊と暮らしていたとでも言うつもりか？』

琳太郎の話を、父は全く信じてくれず、『おかあさん』もただの妄想だと決めつけた。草の根を分けて捜しても見付からなかった息子が歳を取らぬまま帰って来て、死んだはずの母親と一緒だったと言い張るのだ。大人になった今なら、受け容れられないのも無理は無いと思えるが、幼かった琳太郎は父に信じてもらえなかったことに強い衝撃を受けてしまった。実父が無理なら、警察だって信じてくれないだろうと思い込み、沈黙を保ち続けた。その結果、事件は迷宮入りしたのだ。

今でも、『おかあさん』は琳太郎の心に焼き付いている。

けれど、神隠しに遭った子どもだと村人たちに陰口を叩かれるたび、父親に薄気味悪そうに見られるたび、琳太郎は『おかあさん』の存在を胸の奥底へと沈めていった。琳太郎が『おかあさん』と幸せに暮らしていたことを、誰も信じてはくれないと、わかってしまったから。可愛がってくれる祖父母にすら、話したことは無い。

なのに、初対面の璃綾に、うっかり口を滑らせてしまった。璃綾に…『おかあさん』によく似た人に悲しい顔をさせるのは、何故か嫌だったのだ。

……ど、どうしよう、どうしよう……！

琳太郎はすっかりうろたえてしまった。

璃綾は生さぬ仲の琳太郎を息子として受け容れようとしてくれているのだろうが、素直に真実を話せばどん引きされるだけだ。かと言って、このまま黙っていれば、ますます悲しませてしまう。

「俺、産んでくれた母のことはもう全然覚えていなくて……だから、母よりももっと大切で、綺麗で、優しかった人というか…っ」

しどろもどろに言い募るうちに、璃綾はだんだん顔を伏せてゆき、ついには完全に俯《うつむ》いてしまった。喪服に包まれた肩が小刻みに震えている。

まさか、泣かせてしまったのか。

琳太郎の不安は、半分だけ当たっていた。ゆっくりと顔を上げた璃綾は漆黒の瞳に涙を滲ませていたが、悲しみではなく、歓喜の表情を浮かべていたのだ。

「り…っ、りりょ…う、さん……？」

「嬉しい、琳太郎さん……琳太郎さんの大切な方に、この私が、そんなに似ているだなんて……」

璃綾は琳太郎の手をそっと解《ほど》き、両手で包み込んだ。にわかに強くなる鼓動が、やけにはっきりと耳に届く。璃綾にも聞こえてしまうのではないかと心配になるくらいだ。

運び込まれた時から思っていたが、この部屋は静かすぎる。今日、邸には大勢の弔問客が訪れ、使用人たちも働きまわっているはずなのに、ざわめきすら流れてこない。生き物の気配を感じられない。この部屋だけが、邸から切り離されているかのようだ。

奇妙な静謐《せいひつ》に飲み込まれてしまいそうになるのを、琳太郎は頭を振って堪《こら》え、問いかけた。

「…おかしいとか、思わないんですか…?」

この村で暮らしているのだから、璃綾とて琳太郎が神隠しに遭った事件は知っているはずだ。村人たちからも、未だに不吉がられている。

そんな琳太郎が産みの母親より大切だの、おかあさんだのと言い出せば、気味が悪いと思われても仕方が無いのに。

「おかしいだなんて、思うはずがありません。血の繋がりは無くとも、私は琳太郎さんの義母ですもの。琳太郎さんのおっしゃることは、何でも受け入れます」

「…璃綾、さん」

実の父親でも、信じてくれなかったのに……。

温かいものが、じわりと胸に広がっていく。つい目を潤ませそうになった琳太郎に、璃綾は更ににじり寄ってきた。

「いつか私のことも、本当の母と思って下されば嬉しいですけど…きっと、琳太郎さんの『おかあさん』には敵《かな》わないのでしょうね。琳太郎さんが今でも誰より大切に想《おも》っていらっしゃる方なんですから、この世で最も美しく、魅力的で気高い方に決まっています。そうでしょう？」

「…っと、はい。俺は、そう思ってますが…」

どうしてそこまで具体的に尋ねたがるのだろう。しかも、やたらと嬉しそうに。

琳太郎が戸惑いながらも頷《うなず》くと、璃綾は琳太郎の手に指を絡めてくる。ついさっきまで切長の双眸に滲んでいた涙はいつの間にか乾き、代わりに夢見る少女のようなきらめきが宿っていた。

「そう…、そうなんですね。琳太郎さんが誰よりも愛する『おかあさん』は、美しく気高く心優しく、慈悲に満ち溢れた素晴らしい方なんですね。その方の前では、どんな者もぼろきれかゴミクズ、塵芥《ちりあくた》に等しい虫けらのような存在に成り下がると」

「あ…、あの、璃綾さん？　俺、そこまで言ってないですけど」

琳太郎に注意されても、璃綾は止まらない。絡めた指をぎゅっと握り込み、己の頰に触れさせる。白くなめらかな頰は僅《わず》かに赤らんでいるのに、掌と同じく冷たいままだ。

「後にも先にも、琳太郎さんにそこまで想って頂けるのは『おかあさん』だけ。余人の割り込む隙《すき》など微塵も無いと、そういうことなのですね……」

きらきら光る瞳に、琳太郎は吸い寄せられた。逢ったこともない、実在するかどうかも怪しい人間を、どうしてそんなに褒《ほ》めちぎれるのだろうか。

「璃綾……、さん……」

呆れつつも見詰め合ううちに、頭の中に白い靄《もや》がたちこめ、身体のバランスを保っていられなくなる。まるで、強い酒でも飲まされたかのようだった。周囲の景色が歪み、回転しながら遠ざかっていく。

ふらりと傾《かし》いだ上体を、璃綾はこともなげに抱き止めた。琳太郎を支えてびくともしない腕の逞しさ、布越しにも硬い筋肉の感触は、やはり女性のそれではない。

「璃綾さんは…、本当は、男なんですか……？」

箍《たが》の緩んだ琳太郎が不躾《ぶしつけ》な疑問をぶつけても、璃綾は怒らなかった。甘くひそやかな息を漏《も》らし、琳太郎の背を撫で上げる。布団に入る前に着替えさせられた浴衣は薄く上質な麻で仕立てられていて、今まで着ていたTシャツよりもはっきりと璃綾の手の冷たさを感じられた。

「ふふ、琳太郎さんったら…どうしてそんなことをおっしゃるんですか？　私は、貴方《あなた》の義母なのに」

「…だ、だって璃綾さんは…あの、背が高いし、逞しいし、女の人みたいに柔らかくないし…」

「背が高い女も、逞しくてごつごつした体格の女も居ますよ。琳太郎さんは、比較出来るほど女との経験があるのですか？」

「それは……」

現実の女性と肌を重ねるどころか、手を繋いだことすら無い。当然、彼女が居た期間も無い童貞だと正直に白状出来ずにいると、璃綾は予想外の提案をしてきた。

「何なら、確かめてみますか？」

だらりと垂れていた手を、喪服の襟に導かれた。

このまま左右の襟を広げてやれば、黒い絽から透けている純白の長襦袢がさらけ出される。そしてその長襦袢も剝《は》がしてしまえば、璃綾の素肌も性別も、全てが露《あら》わにされるのだ。琳太郎の手で。

「——この慮外者がっ！　琳太郎に何をするか」

もしも障子が荒々しく開け放たれ、凜《りん》とした声に割り込まれなければ、琳太郎は押し寄せる欲求に屈していただろう。

たんっと障子の叩き付けられる音に耳を打たれた瞬間、頭の中の靄は綺麗に消え去り、失《う》せかけていた正気が戻ってきた。酩酊感《めいていかん》も抜け、ぐにゃぐにゃだった身体にもぴんと筋が通る。

「は…っ、あ、…え…？」

今にも璃綾の胸元に差し込みそうになっていた手を、琳太郎はぎょっとして引き、勢いのま

ま尻から布団に倒れ込んだ。

……何を、何をしていたんだ、俺は……！

璃綾の胸元をはだけさせ、素肌を暴いてやろうとしていたのだ。それは勿論、覚えている。ただ、どうして自分がそんな暴挙に及びかけたのかがわからない。

「チッ……いいところだったのに」

幻聴まで聞こえるなんて、やはり、自分はどこかおかしくなってしまったのだろうか。

声は璃綾そっくりだが、あの淑やかな璃綾が粗野な舌打ちなどするはずがない。

「璃綾、貴様…私の居《お》らぬ間に、よくも琳太郎をそそのかそうとしてくれたな。この毒蛇めが」

「そそのかすだなんて、とんでもないこと。私はただ、琳太郎さんが体調を崩されたので看病して差し上げていただけです」

「そうなるよう仕向けたくせに、ぬけぬけと…」

混乱する琳太郎とは反対に、璃綾は少し乱れた胸元を気にするでもなく立ち上がり、闖入《ちんにゅう》者《しゃ》と話している。

こちらに背を向け、握り締めた拳《こぶし》を震わせている闖入者は、璃綾より頭半分ほど背が低いものの、小柄な琳太郎に比べれば充分に長身の部類に入るだろう。

璃綾にここまでずけずけとものを言えるなんて、一体誰なのだろうか？

「……ああ、琳太郎。遅れてすまなかったな」

琳太郎の内心を読み取ったかのように、闖入者は振り返る。

凛と気高いその美貌に、琳太郎はあんぐりと口を開け、見入ってしまった。璃綾が深淵から湧き出る水なら、こちらは勢い良く溢れ、岩をも穿《うが》つ、凶暴で清廉な瀑布《ばくふ》だ。穢《けが》れをすすぎ、浄化する水の流れ。

怖いくらいに澄んだ眼差しに射られたら、後ろ暗いところのある人間は、良心の呵責《かしゃく》に苦しまずにはいられないだろう。

「あっ、貴方、は…」

だが今、琳太郎がどぎまぎとうろたえているのは、初対面の義母の胸をまさぐろうとしていた現場を押さえられたからではない。そもそも目の前の少年は、怒りなど微塵も窺《うかが》わせず、嬉しげに微笑んでさえいるのだから
少年――そう、突如現れた闖入者は、どう見ても十代前半の少年だった。

そんじょそこらのアイドルなど足元にも及ばない整った容姿を持ち、苦々しげに口元を歪めてもなお麗しい璃綾と並べば、目が潰《つぶ》れてしまいそうなほど眩《まぶ》しい輝きを放つ。同じサークルの腐女子が居合わせたら、跳び上がって喜ぶに違いない。

古風な黒紋付を纏う姿は若武者のように颯爽として、見る者を自然と跪《ひざまず》かせる覇気を漂わせているが、まだあどけなさを残す面立ちは琳太郎より確実に年下だろう。

「私は濫《らん》。この璃綾の息子で、お前の義兄だ」

　誇らしげに名乗りを上げられ、琳太郎は絶句した。

　……この目は、本格的におかしくなってしまったのかもしれない。


『すっげー美女じゃん──！　いきなり美人の義母が出来て喪服装備とか、それなんてエロゲ？　羨《うらや》ましすぎる』

『義母上に思い切り蔑《さげす》まれて足蹴《あしげ》にされた後、優しく慰められたいでござるハアハア』

『義母上が上京して同居、たまたま泊まりにきていた友達が風呂場でラッキースケベ、なんて神展開は無しですか？　あ、イケメンすぎる義兄上は抜きで』

　友人たちからの返信メールを確認し、琳太郎はがっくりと肩を落とした。

　もしかしたら璃綾は何らかの事情があって女として振る舞い、周囲もそれに合わせているだけかもしれない。

　一縷《いちる》の希望を抱き、こっそり隠し撮りした璃綾と濫の写真を大学のサークル仲間に送信してみたのだが、皆こんな調子で、男じゃないかと突っ込む者は皆無だ。どう見ても二十歳を越えていないはずの濫が義兄だというのにも、誰も怪しまない。当然ながら、サークルの皆は淵上村とは無関係なので、琳太郎の仮説は完全に崩れ去ってしまった。

保存した二人の写真を穴が空きそうなほど凝視しても、やはり璃綾は男だし、濫はせいぜい中学生くらいの少年だ。琳太郎がいくら童顔でも、二人並べば、普通は琳太郎の方が年長に見られるはずなのに。

異常なのは、自分の方なのか。あの時、濫が現れず、璃綾に流されていたら、今頃どうなっていたのか。

ほぼ関わってこなかったとはいえ、今日は実父の葬儀なのに…どうして、あの二人のことばかり考えてしまうのか。

「うーん……」

「琳太郎さん。入ってもよろしいですか?」

首をひねっていると、障子の外から柔らかく呼びかけられた。

濫が現れた後、済まさなければならない用があるからと、二人は連れ立って退出していった。その隙に琳太郎は二人を隠し撮りし、着替えを済ませ、友人たちとメールの遣《や》り取りをしたりと、なかなか忙しく動き回っていたのだ。

「は…っ、はい!」

琳太郎は慌てて携帯電話をジャケットの内ポケットに仕舞い込んだ。相変わらず音をたてずに入ってきた璃綾は、琳太郎の姿を上から下まで眺めるや、形の良い眉を顰《ひそ》める。

「その格好は…」

「葬儀に参列しようと思って着替えたんですけど…これじゃ、まずかったですか?」

琳太郎が着ているのは、祖母が買って持たせてくれたブラックスーツだ。急な話だったので、既製品である。旧家の当主の葬儀には相応しくないと思われただろうか。

だが、璃綾が口にしたのは、琳太郎の懸念とは全く別の問いだった。

「琳太郎さん…まさか、葬儀に参列なさるのですか?」

「えっ? だって俺はそのために来たわけですし…一応息子なんですから、参列しないわけにはいきません…よね?」

意外そうな口調に、琳太郎はさっきとは別の意味で不安になる。

初対面から非常に好意的な璃綾だが、今まで饗庭家のことは何もしなかった義理の息子が夫の葬儀に参列するのは、妻としては嫌なのかもしれない。あるいは、都会育ちのくせにまるで垢《あか》抜けない上に不吉な噂にまみれた琳太郎を、公の場に出したくないのか。

琳太郎の懸念は、どれも外れていた。

「飾り立てられた亡骸《なきがら》を、欲望の権化どもが悼《いた》むふりをするだけの儀式です。琳太郎さんが付き合ってやる必要などありません」

「は…あ? 璃綾さん、何を言って…」

「そんなことよりも、私と…」

長い睫《まつげ》に縁取られた璃綾の双眸が、妖しく揺れる。

ああ……まただ。また、頭の中に靄がかかって…身体から、力が抜けて……。

何も考えられなくなる寸前で、障子が開いた。

「お前と、何をさせるつもりだ？」

ずかずかと入り込んできた濫は、璃綾をきつく睨《にら》み付け、琳太郎を背に庇《かば》う。

さっきも思ったが、実の親子のはずなのに、二人に漂う空気はなんとも寒々しい。濫は璃綾を母とは呼ばず、璃綾もまた忌々《いまいま》しげに我が子を見下ろしている。

「琳太郎は私が案内するゆえ、お前は先に行っているがいい。……先程の失態の埋め合わせに、それくらいはして当然だろう？」

「濫……」

璃綾は震わせていた指先をぐっと握り込み、琳太郎ににこりと笑いかけた。優しいはずのそれに、琳太郎の背筋はぞくりと粟立《あわだ》つ。

「ごめんなさい、琳太郎さん。お客様のお相手をしなければならなくなりましたので、私は先に母屋へ参ります。そこの小僧のことは気になさらず、後でゆっくりといらして下さいね。お身体がつらいようでしたら、休んでいて下さっても構いませんから」

「…は、い…」

琳太郎がぎこちなく頷くと、璃綾は満足そうに笑い、退出していった。その気配が廊下の向こうへ遠ざかるや、濫ははあっと息を吐く。

「これだから歳だけは取った無分別な毒蛇は困る。ものには順序があり、人には人の理《ことわり》があるというのに…」

「濫…、さん？」

「琳太郎。あれの言うことを鵜呑《うの》みにはするなよ。お前は饗庭の血を受け継ぐ、正統な跡継ぎなのだ。葬儀に参列し、己こそが次の当主だと公に知らしめなければならない」

「………」

厳格でさえある口調で諭されると、相続を放棄するつもりで来たとはとても言い出せなかった。琳太郎と数か月しか違わないというのに、濫の落ち着きぶりはまるで経験豊富な教師のようだ。

「大丈夫だ。心配するな」

黙り込んでしまった琳太郎が緊張しているとでも思ったのか、濫はあるかなきかの笑みを浮かべた。近寄り難い清冽《せいれつ》な美貌が、それだけでずいぶんと柔らかく解け、思わず見入ってしまう。

「斎場には魑魅魍魎《ちみもうりょう》が跋扈《ばっこ》しているが、お前には私が付いている。お前は堂々と胸を張っていればいい。……さあ、行くぞ」

濫は羽織の袂《たもと》を優雅にひるがえし、すっと手を差し出してきた。似ていない親子だが、白い肌だけは同じなのだなと感嘆しながら見詰めていると、焦《じ》れたように促される。

「何をぼうっとしている。手を繋げ」

「へ…っ？　お、俺と濫さんが…ですか？」

「他に誰が居る」

　言うが早いか、濫は強引に琳太郎の手を引っ掴み、袴《はかま》の裾がまくれそうな勢いで歩き出した。存外に強い力に抵抗出来ず、琳太郎はよろけながらも懸命に濫を追いかける。

「濫様がおいでになった…」

「なんと、琳太郎様までご一緒とは…」

　大人がゆうに三人は並んで通れそうな板張りの廊下に出たとたん、忙しそうに立ち働いていた使用人たちは端に避《よ》け、次々と膝をついていく。

　時代劇さながらの光景よりも、その人数の方に琳太郎は驚かされた。ざっと十人以上は居るにもかかわらず、薄い障子一枚を隔てただけの部屋に、彼らの話し声すら聞こえてこなかったなんて——そんなことがありうるのだろうか？

　それに、空調機器らしい設備はどこにも見当たらないのに、廊下は室内と同じくらい涼しい。ジャケットを羽織っていなければ、震え上がってしまいそうだ。半袖の喪服姿の使用人たちは、あれで寒くないのだろうか。

　丸く壁をくり抜いた窓の外は、強烈な太陽に照らされた真夏の庭。

「…琳太郎」

異世界に迷い込んでしまったようなうすら寒さを覚えていると、濫がふいに足を止め、琳太郎の手に指を絡めてきた。

母の璃綾と違い、濫の素肌は重ねているとほのかな温もりを分け与え、ざわつく心をなだめてくれる。そう言えば、初めて顔を合わせた時も、おかしくなりかけていた琳太郎を止めてくれた……。

「恐れるな。私が居る」

自信に満ちた声に、琳太郎はつられるように頷いていた。


飾り立てられた亡骸を、欲望の権化どもが悼むふりをするだけの儀式。魑魅魍魎が跋扈している。

葬儀の執り行われている母屋の大広間に足を踏み入れるなり、琳太郎は璃綾と濫の言葉を理解した。

「ご当主様は、跡継ぎを指名なさらないまま亡くなったんだろう？　誰が次代様になられるんだろうな」

「そりゃ、宗司《そうじ》さんだろう。あの方はご当主様の弟君。ご当主様の長男が村を出された以上、饗庭の血を一番濃く継いでらっしゃる。ほれ、今だって、奥方様の隣で我こそが喪主だと言わんばかりじゃないか」

「宗司さんか…。確かに、腑抜《ふぬ》けてしまったご当主様に代わり、美容水の販売を手掛けてこられたが…あの方はなあ……」

入ってすぐの下座に固まり、ひそひそと会話を交わす村人たちに故人を悼む気配は皆無で、ただひたすら村の今後を案じるばかりだ。

彼らがちらちらと窺う先、棺《ひつぎ》に向かって右側に設けられた遺族席に璃綾と、恰幅《かっぷく》の良い身体を黒羽二重の羽織と袴に包んだ四十代後半くらいの男が座していた。羽織に染め抜かれた紋は璃綾や濫と同じ竜。饗庭家の親族らしい。

男の前には、村人たちとは明らかに雰囲気の異なる裕福そうな人々が、ずらりと列をなしている。

「代替わりをなされても、どうか我が家の奥様をお忘れ無きよう。次代様をお助けするためなら何なりとお申し付け頂きたいと、奥様からの伝言を承っております」

「我が主人の母上様は、みまかられたご当主様を深く悲しんでおいでで…次代様にくれぐれも哀悼《あいとう》の意をお伝え頂きたいと…」

お悔やみの言葉を入れ代わり立ち代わり述べては互いに睨み合い、男の歓心を得るべく牽制《けんせい》し合う。葬儀ではなく、市場の競《せ》りにでも参加しているかのようだ。

「皆様のお心遣い、まことにありがたく思いますとどうかお伝え下さい。正式に兄の跡を継いだあかつきには、こちらからもご挨拶に伺いたい」

羽織袴姿の男は、そんな彼らに神妙な顔で相対しているが、言葉の端々に隠しきれない愉悦が滲む。

黙したままの璃綾が泥中の蓮花《れんげ》の如《ごと》く美貌を匂い立たせているからこそ、男たちの醜悪さはいっそう際立った。誰からも悼まれない父が、可哀想《かわいそう》になってくる。

「皆、静まれ。饗庭家の直系長子の到着だ」

濫の呼びかけはさほど大きくなかったにもかかわらず、ざわめきがぴたりとやんだ。

代わりに突き刺さるいくつもの無遠慮な視線は、趣味以外で人付き合いなどほとんどしてこなかった琳太郎を怯《ひる》ませるには充分な威力だったが、不思議と怖くなかった。璃綾がこちらに笑みを向け、濫がしっかりと手を握ってくれていたおかげだろうか。

「琳太郎か、大きくなったな。俺はお前の父親の弟の宗司だ。昔は遊んでやったこともあるんだが、覚《おぼ》えていないか?」

濫に連れられて遺族席に向かうと、羽織袴姿の男が親しげに話しかけてきた。父の弟ということは、つまり父方の叔父だ。言われてみれば、祭壇に掲げられた遺影の父にどことなく似ているが、遊んでもらった記憶など無い。そもそも村で暮らしていた三年間もろくに覚えていないのだ。

「いえ、全然…すみません」

「はは、気にするな。お前は三年間も神隠しに遭って、やっと戻ってきたらすぐに村を出されたんだ。村のことなんて忘れてしまって当然だよ。…さ、そこに座りなさい」

宗司は鷹揚《おうよう》に笑い、璃綾の手前に置かれた座布団を示した。琳太郎は促されるがまま座ろうとしたが、その前にきっく手を握り締められる。

「待て。お前が着くべきは、そこではない」

濫はずいっと進み出ると、最も棺に近い席に座す宗司をまっすぐに見下ろした。羽織の肩がびくんと揺れる。

「退《ど》け。そこは琳太郎の席だ」

「な、何を…俺は、当主の弟だぞ――」

「琳太郎は当主の嫡子だ。汲水《きゆうすい》の儀も済ませていないくせに、直系の琳太郎を差し置いて喪主気取りか？」

「ぬ、うう…っ」

宗司は歯をぎりぎりと軋《きし》ませ、眼差しで璃綾に縋《すが》った。だが、宗司と座布団一つ挟んだ隣に座る璃綾は、宗司を一瞥《いちべつ》すらせず、きっぱりと告げる。

「私も息子に賛成です」

「…り…っ、義姉《ねえ》さん…」

弔問客に囲まれ、得意満面だった宗司は、可哀想なくらいに青褪《あおざ》めていった。

しんと静まり返った人々が、固唾《かたず》を呑んでなりゆきを見守っている。当主の葬儀における喪主は、琳太郎が考えるより遥かに重要な役割らしい。

「…ま、待って下さい。俺は…」

ただ父に最期の別れを告げたかっただけだ。喪主などとんでもないと申し出ようとしたが、宗司が怒りも露わに立ち上がる方が早かった。

「若造が…いい気になっていられるのも今のうちだけだぞ」

琳太郎とすれ違いざま、舌打ちせんばかりに吐き捨て、棺から最も遠い席にどっかと腰を下ろす。さっき、琳太郎が宗司に勧められた席だ。

「さあ、お前の席が空いた。座れ、琳太郎」

「そうですよ、琳太郎さん。貴方は饗庭家の、ただ一人の直系なんですから」

気まずい空気をものともせず、平然と促してくる滥と璃綾の口を、叶《かな》うなら無理矢理にでもふさいでしまいたかった。美しい親子が話しかけるたび、宗司は末席から睨み付けてくるのだ。人と争わぬよう生きてきた琳太郎が、ここまで強い恨みや怒りを浴びせられるのは初めてだった。

しかも宗司を囲んでいた弔問客たちは、近くの席に避難しつつも、探るようにちらちらと琳太郎を窺ってくる。もしや滥と璃綾は琳太郎を疎ましく思い、遠回しにいびっているのではないかとさえ疑ってしまう。

どうせ、遺産分割協議が終われば、二度とこの邸を訪れることは無いのだ。さっきの部屋に引き返してしまおうかと半ば本気で考えていたら、折悪く、袈裟《けさ》を纏った僧侶が使用人に先導されてきた。読経《ときょう》が始まるようだ。

弔問客たちは慌てて居住まいを正し、濫もさっさと喪主の隣の席に着いてしまったので、立っているのは琳太郎だけになる。

「故人の御前ですぞ。早《はよ》う、着席されよ」

「…す…、すみません…」

僧侶に咎《とが》められては拒めるはずもなく、琳太郎は小さくなって喪主席に腰を下ろした。

父の葬儀の間じゅう、針のむしろに座っているような気分だった。宗司は相変わらず不機嫌丸出しの態度だし、身動《みじろ》ぎするたびあちこちから注目されるのでは、気の休まる暇も無い。父の眠る棺に花を捧《ささ》げた時には、これでようやく解放されるのだと、安堵《あんど》すら覚えた。

遺体とはいえ、十五年ぶりに父と対面を果たしたわけだが、やはり悲しみは湧いてこない。ああ、そう言えばこんな顔をしていたかもしれないと思ったくらいで、父は自分の中でとうに他人になっていたのだと、改めて思い知らされた。

それよりも、気になったのは――。

「奥方様は、相変わらずお綺麗だな…もういい歳だろうに、後添えに入った頃とちっとも変わらない。いや、今の方が若々しいんじゃないか？」

「ありゃあ、男の精気を吸う魔物だよ。ご当主様も奥方様に精根吸い尽くされて死んだに違いねえ。奥方様にぞっこんだったからな。宗司さんだって…」

「……しっ！　滅多なこと言うもんじゃねえ！」

献花する璃綾を遠巻きにしてひそひそ話していた村人たちは、琳太郎に見られているのに気付くと慌てて口を噤《つぐ》んだ。

弁護士からは、父の死因は急性の心筋梗塞《こうそく》だと聞いている。死亡診断書も見せてもらった。それが、璃綾に精根吸い尽くされたせい？　男の精気を吸う魔物？　この現代に何を言っているのかと、頭から否定する気にはなれなかった。

今まで架空の異世界が舞台の物語を数え切れないほど読んできた影響かもしれないが、大輪の白百合《しらゆり》を捧げ持つ喪服姿の璃綾には、確かに魔物めいた雰囲気がある。引きずり込まれるとわかっていても覗き込まずにはいられない、深淵のような。

もっとも、璃綾が女だと思っている彼らと男にしか見えない自分とでは、見え方が違っているかもしれないが。

琳太郎以外の人々の目には、璃綾はどんなふうに映っているのだろう？

「疲れたのか？　琳太郎」

「濫さん……いえ、大丈夫です」

　隣に佇む濫にひそめた声で問われ、琳太郎は引き攣《つ》りつつも首を振った。誰のせいで疲れたと思っているんだと愚痴《ぐち》りたくはなるが、宗司や弔問客たちが必要以上に近付いて来ないのは、きっと濫が傍《そば》を離れずにいてくれるおかげなのだ。

　濫の放つ空気は清浄すぎて、人々を寄せ付けない。決して濫が尊大な態度を取るわけではないのだが、おいそれと触れてはいけないと思わせる何かがある。璃綾とはどこまでも対照的だ。

「早く休ませてやりたいが、出棺の後は弁護士が来ることになっている。それまでは辛抱して欲しい」

「はい。頑張ります」

　こんな村にずるずると長居したくない。さっさと遺産分割協議を終え、祖父母や気心の知れた仲間たちの居る東京に戻りたい一心で頷けば、ほう、と濫は感嘆する。

「良い心がけだ。それでこそ饗庭家の直系男子というもの。その調子でいけば、皆もすぐにお前を次代の当主と認めるだろう」

「は……あ、ありがとうございます……」

　次代になるつもりなど無い琳太郎は、誉《ほ》められても後ろめたいだけだ。

　璃綾といい濫といい、どうして揃《そろ》って琳太郎を次代の当主扱いするのだろう。璃綾は亡き父の配偶者だし、濫も正式な養子なのだから、後継者になる資格はある。ずっと村を出ていた琳太郎より、よほど当主に相応しいはずだ。自分たちこそが当主になろうとは思わないのだろうか。

宗司の言動も不可解だ。我が物顔で振る舞っていたくせに、『汲水の儀』を済ませていないと指摘されたとたん引き下がった。一体、『汲水の儀』とは何だ？

思い悩んでいるうちにも葬儀は粛々《しゅくしゅく》と進行していった。

火葬を済ませて邸に戻ると、もう夜中だ。あれだけ居た村人たちの姿は既に無く、大広間も綺麗に片付けられていた。一気に人の減った邸は奇妙に静かで、時折、庭園の池の鯉《こい》が跳ねる水音すらはっきりと聞こえるほどだ。

遺産分割協議のため、琳太郎たちが集められたのは、当主一家のくつろぎの場である居間だった。大学の小教室ほどはある広さに加え、床の間に見るからに高価そうな壺《つぼ》やら掛け軸やらがあしらわれているのでは、琳太郎はとてもくつろげそうもないが。

「本日はお疲れのところ、お集まり下さりありがとうございます。故・饗庭理一郎様からの委任に基づき、只今《ただいま》より、故人の遺言書を開封させて頂きます」

琳太郎の元にも訪れた顧問弁護士は、花梨《かりん》の一枚板を用いた座卓の下座につき、鍵付きのケースから一通の封書を取り出した。座卓の右側には璃綾と濫に挟まれる格好で琳太郎が、左側には宗司一人が座っている。他に人の姿は無い。

「では、読み上げます。——遺言者・饗庭理一郎は、次の通り遺言する。遺言者に属する一切の財産は、嫡男の琳太郎に相続させる。ただし、遺言者の妻璃綾と養子滋の生存中、同人たちの生活全般にかかる費用を負担することを条件とする。以上です」

弁護士がよどみ無く読み上げた内容は、その場の全員を唖然《あぜん》とさせるには充分すぎるほどの威力を有していた。

……ありえない。

父は琳太郎を気味悪がるあまり、村から追い出したのだ。

遺産など一銭も遺《のこ》されず、ただ、遺産分割協議を有効に成立させるためだけに呼ばれたのだと思っていたのに…！

「…何だ、そのふざけた内容は！」

最初に我に返った宗司が、座卓を引っくり返しそうな勢いで弁護士に摑みかかった。傾いだ座卓から湯呑が滑り落ち、熱い茶が畳にぶちまけられるのも構わず、弁護士の胸倉をがくがくと揺さぶる。

「とっくの昔に村を出したガキに、全てを譲るだと？　そんな遺言があってたまるものか…貴様、遺言書を偽造したんじゃないだろうな⁉」

「と…っ…、とんでもない…っ！　この遺言書は半年前、間違いなくご当主様が作成されたもの…それも、公正証書です。偽造など、出来るはずがありません…っ！」

「半年前…だと？」

宗司は弁護士を解放すると、遺言書を荒々しく奪い取った。

座卓に広げられたそれに、琳太郎も目を走らせる。逆さまで読みづらかったが、遺言書には確かに弁護士が読み上げた通りの内容が、公証人の署名と共に記されていた。作成された日付は今から半年前だ。

「こんな…、こんな、ありえない…」

「これは、確かに亡き旦那様の筆跡ですね」

わなわなと震える宗司の手元から、璃綾が白い手で遺言書を引き寄せ、呟《つぶや》いた。

その顔に動揺や驚愕は滲んでいない。無言で首肯する濫もだ。法律の定め通りなら、璃綾は遺産の半分を、濫は四分の一を相続する権利があり、それを全て琳太郎に奪われたにもかかわらず。

琳太郎の疑問を、宗司が唾を飛ばしながら代弁する。

「お前たち、どうして落ち着いていられるんだ。こんなガキに全部持って行かれて構わないのか⁉」

「構いません。遺産があろうとなかろうと、私が琳太郎さんの義母であることに変わりはないのですから。これからは義母として、当主を支える所存です」

璃綾が艶然《えんぜん》と微笑めば、濫は誇らしげに胸を反らす。

「構わない。私は琳太郎の義兄だからな。琳太郎さえ居れば、他には何も望まない」

「お前たち……っ」

宗司は愕然と二人を見比べていたが、やがて目を見開いて立ち上がり、素早く座卓を回り込んでくる。

「義姉さん…あんたまさか、今度はこのガキに乗り換える気か？　だからこんなふざけた遺言に従うつもりで…」

「……やめろっ！」

——璃綾が穢される！

宗司が璃綾の手首を摑もうとした瞬間、琳太郎は自分でもわけのわからぬうちに、宗司の腕に飛び付いていた。背後で璃綾と濫が息を呑む気配を感じながら、宗司を押しのけようとするが、力はあちらの方が圧倒的に上だ。

「この、大蛇に呪《のろ》われた忌み子の分際で……！」

怒りで理性を失いつつある宗司は、簡単に琳太郎を振り解いた。

それだけでは気が済まないのか、弁護士が泡を食って止めるのも無視して拳を振り上げる。無様に尻餅《しりもち》をついた琳太郎は、ただきつく目を瞑《つむ》って衝撃に備えることしか出来ない。

「……宗司さん？」

だが、琳太郎を襲ったのは殴られる痛みではなく、ちりっと背筋が焼けるかのような感覚だった。いや、璃綾が宗司を呼んだだけだと理解し、瞼《まぶた》を上げたのは、少し経《た》ってからのことだ。

だから、わからなかった。弁護士が座卓に突っ伏しているわけも、宗司が拳を振り上げた格好のまま凍り付いているわけも。

「う……あ、あ……」

どうしてそんなにおののく必要があるのだろう。璃綾の声はとても甘く全身に絡んできて、いつまでも耳を澄ましていたいほどなのに。

『琳。……琳太郎。私の可愛い子』

『次はどんな話が良《い》い？　貴方が望むなら、いくらでも聞かせてあげる』

そう、かつて琳太郎が何度も『おかあさん』にせがんだように――。

「義母の前で息子を侮辱するのは……許しませんよ？」

欲しかった声音が背後から与えられ、心地《ここち》好《よ》さのあまり上体が揺れ始める。だが、宗司の反応はまたもや琳太郎と正反対だ。

「くそ…っ…、俺は、俺は絶対に認めないからなっ！」

宗司は捨て台詞《ぜりふ》を吐くと、どすどすと足音も荒く居間を出て行った。勢い良く襖《ふすま》が叩き付けられた衝撃で倒れ込みそうになった琳太郎を、喪服の袖が引き寄せ、胸に抱き取ってくれる。

「おか…さ……？」

「ありがとう、琳太郎さん…貴方は本当に、良い子ですね…」

「ん……、う……」

覗き込んでくる璃綾と記憶の中の『おかあさん』が、頭の中でゆらゆらとぶれる。二つの面影が重なりそうになった時、大きな掌にふわりと両目を覆われた。

「私のためにあんな汚らわしい男に刃向かって、疲れたでしょう？　……今日はもう、お休みなさい」

「…で…も…」

座卓に伏せた弁護士はぴくりとも動かないし、遺言状も無造作に置かれたままだ。医者を呼んでやらなければならないと思うそばから、抗《あらが》いがたい眠気が襲ってくる。

「後のことは私たちに任せて、眠れ。お前は少し、……に中てられすぎた。まだ人間であるその身には、少々毒だからな……早く、……に……」

耳元で囁くのは濫だとかろうじて理解出来たが、吐息に項《うなじ》をくすぐられるたび睡魔は強くなっていって、はっきりと聞き取れない。きっと、琳太郎にとって、とても大切なことに違いないのに。

「大丈夫…弁護士も琳太郎も、目を覚ませば忘れている…」

最後に囁いたのがどちらなのか認識出来ないまま、琳太郎の意識はずぶずぶと闇に飲まれていった。

青い光が揺らめく空間は、幼い琳太郎にとって、一度だけ連れて行ってもらったことのある遊園地よりも心躍る場所だった。

ジェットコースターもメリーゴーラウンドも無いが、美しく優しい『おかあさん』がいつも傍に居て、琳太郎の望むだけ甘えさせてくれる。少し前まではちょっと張り切って運動するだけで胸が苦しくなったのに、ここではいくら走り回っても息切れ一つしない。嬉しいことばかりだ。

『…ん…、おかあ…さん…』

ある日の夜中、琳太郎は珍しく眠りから覚め、小さな手でごしごしと瞼をこすった。

便宜上、夜と呼んでいるだけで、この空間はいつもぼんやりと明るく、朝晩の区別はおろか時間の経過すら感じさせない。怠惰な生活はまだ幼い琳太郎には良くないからと、『おかあさん』が時間を区切っているのだ。

『……琳。私の可愛い子。どうしたの？』

琳太郎を抱き締めていてくれた『おかあさん』は、すぐ琳太郎が起きたのに気付き、眦《まなじり》や目頭を長い舌で舐《な》めてくれる。くすぐったいけれど、とても心地好い。

こすっていた手をやんわりとどかされて、琳太郎は反省した。琳太郎の身体はまだ幼く弱いから、どんなにささいなことでも自分で済ませず、『おかあさん』にやってもらわなければならないと何度も言い聞かされているのに、時々忘れてしまう。

『ごめん、なさい…』

『いいんですよ。私の琳…可愛い子。悪い夢でも見てしまった？』

『ううん…ちがうの。なんか、お空…ざわざわって、してるから…』

抱き締めてくれる腕の中から上を指差す。

どこまでも続くこの空間は、上に行けば行くほど青い光が淡くなっており、ほぼ透明に近いあたりを琳太郎は空と呼んでいた。いつもはきらきらと輝いているそこが、今宵《こよい》はミルクを混ぜたように濁り、渦巻いている。

『おかあさん』は眦に舌を這《は》わせたまま空を見上げ、ああ、と頷いた。

『白いのが怒って、暴れているようですね』

『白いのって…なあに？　どうして、怒ってるの？』

『…私の、同類のようなものです。怒っているのは、大事なものを失《な》くしたから…でしょうね』

『大事なもの……』

呟き、琳太郎は自分よりもずっと逞しくしなやかな身体にぎゅっとしがみついた。墨染めの着物の平らな胸元にぐりぐりと顔を押し付けていると、決して熱を帯びない掌が頬を撫でてくれる。

『琳……？』

『ん…、あのね…、琳ね…おかあさんが、一番大事だから。おかあさんが居なくなっちゃったら、さみしくてたまらないと思うから…白いのさんも、きっと、さみしいんだよね…』

『ああ、琳…私の愛しい子……っ』

感極まったように喉を震わせ、『おかあさん』は琳太郎を仰向《あおむ》かせた。琳太郎は重ねられる唇を素直に受け止め、自ら口を開く。

入り込んでくる長い舌を迎え、自分の小さなそれを差し出すのも、数えきれないくらいしてきたのだから、もう慣れたものだ。

口内や喉奥まで舌にむっちりと満たされ、舐められ侵される感触に違和感を覚えたのも最初だけ。今は嬉しくてたまらない。どこもかしこもひんやりとした肌の『おかあさん』の温もりを感じられるのは、ここだけだから。

『私は、絶対に貴方の傍を離れない。貴方が私を嫌っても、永遠に一緒に居ます。……あの小《こ》賢《ざか》しい白いのになんて、渡すものか……！』

『…あっ、お…、か、……さっ…』

琳太郎が息苦しくなってきた頃、ようやく口内から出ていった舌が、今度は素肌を這い回る。腋《わき》の下や太股《ふともも》の内側、尻たぶやその割れ目、ひっそりと息づく蕾《つぼみ》。自分では決して触れない場所の隅々まで、紅《あか》く長い舌が愛《め》でていないところは無い。同時に胸の小さな粒を冷たい指先にふにふにといじくられ、幼い身体はみるまに火照《ほて》っていく。

『琳…、貴方も、私と同じ気持ちですよね？　…私から、逃げたりしませんね？』

『ん、…うん、行かない…、どこにも、行かないっ……』

蕾に浅く銜《くわ》え込まされた舌を下肢で食《は》み締め、大きく拡《ひろ》げられた両脚をびくっびくっと痙攣《けいれん》させながら、琳太郎はきつく目を瞑った。

直後に訪れる、心ごと大きな波に押し流されるような感覚を何と呼ぶのかは、まだ知らない。けれど、唾液でぐしょ濡れにされた股間《こかん》のささやかな肉芽が疼《うず》くのは、間違いなくこの感覚のせいだ。

『ふあ…っ、ああ…っ』

舌と触れ合った粘膜から、重なり合った肌から、温かいものが浸透し、琳太郎を満たしていく。

……同類って、多分、おともだちのことだよね……。

全身にうっすら滲んだ汗を舐め取られながら、琳太郎は遥か上空を見上げる。琳太郎の肉体から出るものは、汗に限らず全て『おかあさん』に啜《すす》ってもらうのが約束だった。

……おかあさんは、白いのさんをあんまり好きじゃないみたいだ。おともだちなのに、どうして……？

空の渦はさっきよりも激しく逆巻き、普段は琳太郎と『おかあさん』の話し声しかしない空間に時折ばしゃんっと大きな水音さえ響かせ、強い怒りを感じさせる。

優しい『おかあさん』が、あれだけ怒っている友人をいたわってあげないのは何故だろう。大好きな『おかあさん』の友人なら、琳太郎も一緒に慰めてあげたいと思うのに。

『ふふ…、だいぶ綺麗に浮かんできましたね…』

琳太郎をすっかり清め終えた『おかあさん』が、その腕に抱えた琳太郎ごと起き上がる。

肌触りの良い絹に包まれた膝の上は、琳太郎の定位置だ。向かい合って座る格好になり、琳太郎はこっくりと首を傾げる。

『浮かんできたって、なあに…?』

『琳が私の子だという印ですよ』

ほらここに、と心臓の真上あたりをなぞられるが、なめらかな肌には傷一つついていない。

『何にも、無いよ?』

『私にはちゃあんとわかりますから、大丈夫ですよ。完成まで時間はかかりますが、琳の魂はとても純粋で無垢《むく》だから、壊さないよう、じっくり刻んでいるんです』

『……完成したら、どうなるの?』

『誰も、私から貴方を奪えなくなります。…ずっと、私だけの可愛い子どもになるのですよ』

『本当…?』

歓喜が弾け、琳太郎は目の前の胸板に顔を埋めた。

はだけた襟から両手を差し込み、ぐいぐい広げながら、裸の背中にしがみつく。優美な外見に反してしっかり筋肉のついた胸は、琳太郎のまだ短い腕では回りきらないが、その分『おかあさん』が抱き寄せてくれるから問題は無い。

『おかあさん、大好き！』

遊びきれないほどのおもちゃも、絵本も要らない。一緒に居られるだけでいいのだと訴えれば、『おかあさん』の抱擁《ほうよう》はなお強く、愛おしげなものになる。

『私も愛していますよ……私の、大切な子……』


「嘘《うそ》つき……」

暗闇の中、まだ重たい瞼《まぶた》をしばたたきながら、琳太郎《りんたろう》はかすれた声を漏《も》らした。

小さく灯《とも》された行灯《あんどん》の灯《あか》りを頼りに見回せば、ここは葬儀前まで寝かされていたのと同じ部屋のようだ。分厚い布団に横たわった琳太郎は、ブラックスーツから真新しい浴衣に着替えさせられている。

枕元に、祖父母が大学の入学祝いに買ってくれた腕時計が外して置かれてあった。時刻を確認し、琳太郎はぎょっとする。夜中の三時とは。

確か、弁護士が遺産分割協議を始めたのは、夜の九時過ぎくらいだったはずだ。琳太郎も璃《り》綾《りょう》や濫《らん》と共に参加して、思いがけず後継者に指名されてしまった。そうしたら宗司《そうじ》が怒り狂って弁護士や璃綾に詰め寄り、それから……。

「…どう…、なったんだっけ…?」

璃綾を助けようとして、逆に宗司に吹っ飛ばされたことまでは覚えているが、そこから先はひどくあいまいだ。思い出そうとすると頭が痛む。

吹っ飛ばされた衝撃で気絶してしまい、ここに運ばれたのだろうか。だとしたら情けない。あの程度で気を失ったばかりか、今までぐうぐう呑気《のんき》に眠り込んでいたなんて。琳太郎の愛するアニメの守られ系ヒロインだって、もう少し逞《たくま》しい。

「にしても…腹、減ったな」

琳太郎はくうっと切なげに鳴く腹を布団越しにさすった。精進落としでは食べる余裕など無かったから、もう半日以上何も口に入れていないのだ。とても朝食まで我慢出来そうにないが、こんな夜中に使用人を起こすのも気が引ける。

そう言えば、荷物にビスケットをいくつか入れてきたはずだと思い出し、琳太郎は布団を抜け出した。布団の脇に置かれたスポーツバッグを開け、ごそごそと中を探る音が、静まり返った室内には異様に大きく響く。

似ているな、と思った。この部屋の静けさは、『おかあさん』と共に過ごした青い空間によく似ている。

久しぶりにあんな夢を見てしまったのは、そのせいだろうか。

「おかあさんの、嘘つき……」

ずっと一緒に居るという約束は、結局、守られなかった。

二人きりの幸せな世界はある日突然終わりを告げ、琳太郎は村に帰された。気味悪がった父に祖父母の下へやられてから、何度も何度も呼び続けたが、『おかあさん』は来てはくれなかった。

だから、琳太郎は架空の物語を読み漁《あさ》り、『おかあさん』の消えた孤独をまぎらわせたのだ。気の合う仲間も出来て、今はもうすっかり忘れたはずなのに…実際は、ただ頭の奥底に追いやっていただけだったと思い知らされる。

あの青い空間は、どこにあるのだろう。どうして、自分は歳《とし》を取らなかったのだろう。

『おかあさん』は、琳太郎を置いてどこへ行ってしまったのだろう。

溢《あふ》れ出す疑問に無理矢理蓋《ふた》をして、琳太郎はやっと見付けたビスケットを咀嚼《そしゃく》し、枕元に用意されていた水差しの水で流し込む。

――かたん。

もう一杯注《つ》ごうとした時、小さな物音が聞こえた。びくつきながら振り返り、琳太郎は凍り付く。

障子にぼんやりと人影が滲《にじ》んでいたのだ。

こんな真夜中に、使用人が客室付近をうろつくとは思えない。旧家には付き物の幽霊だったらどうしようと震えていたら、幽霊には出せないだろう玲瓏《れいろう》たる声がしじまを破る。

「…琳太郎さん。琳太郎さん?」

「り…璃綾、さん…?」

「ああ、良かった。起きていらしたのですね」

障子を開けて入ってきた璃綾は、ほの暗い中を危な気無い足取りで歩み寄り、小さな土鍋の乗った盆を座卓に置いた。空っぽのビスケットのパッケージを見て、くすりと笑う。

「やっぱり。昼間何も召し上がらなかったから、お腹《なか》を空《す》かせているだろうと思ったんです。夜中でも、こんなものなら喉を通るでしょう?」

璃綾が土鍋の蓋を取ると、食欲をそそる出汁《だし》の匂いがふわりと溢れた。美味《うま》そうに湯気をたてているのは、熱々のうどんだ。真夏にはあまり相応《ふさわ》しくない料理だが、不思議と涼しいこの部屋にはちょうどいい。

「これ…、璃綾さんが作ってくれたんですか?」

「ええ。簡単なものしか用意出来なくて、申し訳ありませんが」

璃綾はこともなげに言うが、いつ起きるかもわからない琳太郎に出来立ての料理を用意するのは大変な苦労だったはずだ。寝間着の浴衣ではなく、絣《かすり》柄の黒い紗《しゃ》の小紋を纏《まと》っているところを見ると、寝ずに起きていたのかもしれない。

じわりと脳裏に浮かんでくる『おかあさん』の記憶を振り払い、琳太郎は小さく頭を下げる。

「ありがとうございます。…食べても良《い》いですか？」

「勿論《もちろん》です。熱いうちに召し上がれ」

　璃綾は小鉢にうどんを取り分け、ふうふうと吹いて冷ましてから差し出してくれた。琳太郎が受け取らずに呆然《ぼうぜん》としていると、切れ長の双眸《そうぼう》が悲しげに伏せられる。

「ごめんなさい。琳太郎さんはもう大人なのに、あんまり可愛《かわい》らしいので、つい…呆《あき》れてしまいましたよね？」

「いや…っ、そういうことじゃなくて…っ！」

　幼い子どもにしてやるような行為に、確かに面食らいはしたが、嫌悪感は無い。ただ、つんと突き出された唇が口付けをねだっているように見えてくらりとしただなんて、恥ずかしくて言えない。その手の経験に乏しい男ですと、白状するも同然ではないか。

　妙齢の美女や美少女相手ならまだしも、璃綾は男……。少なくとも琳太郎の目には、そうとしか映らないのに。

　何で……どうして自分は、こんなにも……。

「あの、その…い、頂きますっ！」

　頭がごちゃごちゃになり、琳太郎は小鉢を強引に受け取ると、一気にすすった。呆気《あっけ》に取られていた璃綾も、琳太郎の首筋が真っ赤になっていることに気付いたのか、微笑《ほほえ》ましげに二杯目をよそってくれる。

「どうですか？　ありあわせのもので作ったから、あまり美味《おい》しくないかもしれないですが」

「いえ…、すごく、美味しいです…」

お世辞抜きで、店で食べるものよりも格段に美味い。琳太郎は柔らかく煮込まれた麺《めん》を咀嚼しながら、勘付かれないようちらちらと璃綾を窺《うかが》う。

正座を少し崩した姿は、やはり、琳太郎よりも長身のすらりとした男のものだ。けれどその全身から醸し出される色香は、並大抵の女性では足元にも及ぶまいと、現実の女性と付き合ったことも無いくせに琳太郎は感嘆する。

だって、食事に集中しようとしても、視線が勝手に引きずり寄せられてしまうのだ。葬儀中とは対照的に、ゆるく纏められただけの髪からはらりと落ちた後れ毛に。大きめに抜かれた衣《え》紋《もん》の黒との対比でいっそう白くなまめかしい項《うなじ》に。僅《わず》かに乱れた裾から少しだけ覗《のぞ》く脚に。

「ふふ…、もうお腹いっぱいになってしまったんですか？」

毒のように甘い囁《ささや》きが吹き込まれ、琳太郎はようやく気が付いた。自分が箸《はし》を完全に止めてしまっていたこと、そして、璃綾が膝でにじり寄っていたことに。

膝立ちになった璃綾に前から腕を回されたせいで、琳太郎の視界は小紋の袖と、璃綾の胸元に覆い隠されてしまう。

「……それとも、もっと熱いものを召し上がりたいですか？」

「う…、は…ぁ…っ…」

「琳太郎さんがお望みなら、いくらでも食べさせて差し上げますよ……？」

耳朶《じだ》をくすぐられるたび、琳太郎の意志に関係無く肩がびくっと跳ねる。全身の熱が股間《こかん》に集まり始める。

恥ずかしくてたまらない。食事のことを尋ねられているだけなのに、なんて体たらくだろうか。

璃綾だっていけないのだ。こんな至近距離は、自分たちには相応しくない。だって琳太郎と璃綾は、今日会ったばかりの義理の母子だ。父の死によって利害が対立しこそすれ、仲睦《なかむつ》まじく触れ合うなど、普通はありえない。

「――あっ……！」

琳太郎はがばっと仰《の》け反《ぞ》り、璃綾の抱擁《ほうよう》から逃れた。璃綾がもう少しのところで獲物を取り逃がした肉食獣の顔をしたのにも気付かず、まくしたてる。

「遺産分割は？　あれから、どうなったんですか⁉」

「あの糞《くそ》ブ…いえ宗司さんでしたら、尻尾《しっぽ》を巻いて逃げて行きました。きっと、身命を賭《と》して私を守ろうとして下さった琳太郎さんの気迫に恐れをなしたのでしょうね。あの時の琳太郎さんは、とても勇敢で、凜々《りり》しかったですから」

「いやそんな…って、そうじゃなくて！」

璃綾を守りたかったのは確かだが、身命を賭したつもりは無いし、勇敢だの気迫だのは明らかに過大評価である。琳太郎は宗司に返り討ちにされたのだ。

宗司が大人しく去ったのは、琳太郎を気絶させてしまったせいだろう。それに、琳太郎が知りたいのは宗司の情報ではない。

「分割協議の方です。俺に全部遺《のこ》すだなんて遺言、まさか、本当に賛成するつもりじゃないですよね？」

宗司や弁護士の手前、本心を隠して従ったのではないかと思ったのに、璃綾はゆっくりと首を振る。

「私も濫も、故人の遺志に従います。遺留分を主張するつもりもありません。琳太郎さんがお休みになった後、私たちは署名捺印《なついん》を済ませました。後は、琳太郎さんも加われば、遺産分割は有効に成立します。宗司さんは元々相続人には含まれませんから」

「本気……なんですか？　あんな遺言に従ったら、璃綾さんには何も残らないのに…」

「いいえ。私は、とても素晴らしいものを遺して頂きましたよ」

璃綾は後ろ手をついた琳太郎の膝にそっと掌《てのひら》を置き、太股《ふともも》の輪郭をなぞる。慈しみに満ちた仕草が、何故《なぜ》かたまらなく淫靡《いんび》で、背筋がぞわぞわと疼《うず》く。

「それは、琳太郎さん……貴方《あなた》です」

「お…、俺？」

「ええ。貴方という、この上無く可愛い子を得ることが叶《かな》いました。亡き旦那様には、心から感謝しているのです」

　まっすぐに注がれる眼差《まなざ》しに、心臓がどくんと高鳴った。璃綾は嘘をついていない。本心からそう言っているのだと感じ取れるからこそ、琳太郎は困惑する。

「俺と璃綾さんは、今日会ったばかりなんですよ。父さんだって、きっと俺のことを良くは言っていなかったはずです。子どもなら、璃綾さんには濫さんが居るじゃないですか。なのに、どうしてですか？　どうして俺なんかを、そこまで…」

　――この、大蛇に呪《のろ》われた忌《い》み子の分際で……！

　宗司が苛立《いらだ》ちまぎれに吐いた台詞《せりふ》は、きっと村の人間なら多かれ少なかれ誰もが思っていることだ。

　饗庭《あえば》の直系だからうわべは敬意を払われているが、本心から琳太郎を歓迎する者など存在しない。特に璃綾や濫には憎まれていてもおかしくないのに、膝を撫《な》でる手はどこまでも優しい。

「……愛《いと》おしいと思うから。それだけではいけませんか？」

「…俺を？　濫さんじゃなくて？」

「どうしてそこで濫が出て来るのですか？」

　どうしても何も、濫は璃綾の実子だ。普通は義理の息子より可愛いのが当たり前のはずなのだが、璃綾は心底嫌そうに眉を顰《ひそ》める。

「私が可愛いのは琳太郎さんだけです。琳太郎さんにこの家の全てを受け継いで頂いて、私と、ずっと一緒に居て欲しい…」

「璃綾さん、でも、俺は……」

遺産を受け継ぐつもりも、当主になるつもりも無いのだと言いかけ、琳太郎は口を閉ざした。

……正直に白状しても、璃綾は態度を変えずにいてくれるだろうか？

村の人々は、父が死んだのは璃綾に精気を吸い尽くされたせいだと噂《うわさ》していた。そして宗司は、今度は父から琳太郎に乗り換える気なのかと口走った。

もしも、璃綾が欲するのが饗庭家の当主を取り込むことなら…当主の座を辞退し、ただの平凡な大学生になった琳太郎など、見向きもしなくなるのかもしれない。

……嫌だ…そんなのは嫌だ。だって璃綾は、琳太郎の……。

「…琳太郎さん？　どうしたのですか？」

ひたと見詰めてくる黒い双眸が、底知れない闇を渦巻かせる。風も無いのに行灯の灯りが揺れ、畳に落ちていた璃綾の影がぶわりと膨らむ。まるで、琳太郎を溺《おぼ》れさせようとでもするかのように。

ガタガタ…ガタガタガタ。

何かが軋《きし》む音を遠くに聞きながら、琳太郎は唇を動かす。

「俺は…、当主、に…」

ガタ…、ガタンッ！

琳太郎が言い切る前に、部屋の東の襖《ふすま》が外れ、外側から勢い良く吹っ飛んだ。袴《はかま》の裾をからげ、脚を高々と上げた蹴《け》りの姿勢で怒りの形相を晒《さら》しているのは滥だ。

「この…っ、性悪腹黒毒蛇がっ！　琳太郎を惑わすのはいい加減にしろと、あれほど言ったばかりだろうが！」

滥は大股で一気に距離を詰めると、琳太郎を引き寄せ、璃綾から守るように腕の中に囲い込んだ。

助かった、と琳太郎は密《ひそ》かに息を吐く。人間離れした美貌の滥が怒り狂うと、怒りの対象が自分ではないとわかっていても恐ろしいのだ。

「真夜中にはしたないですよ、滥。私は琳太郎さんがお腹を空かせていたらおかわいそうだと思い、様子を見に来ただけ。そんなふうに責められるのは心外です」

正面から向き合い、袖口で口元を上品に覆う璃綾は、一体どれほど胆《きも》が据《す》わっているのかと感心してしまう。

勿論、滥は冷静になるどころか、怒りを倍増させるだけだったけれど。

「はしたないのはどちらだ…！　琳太郎の寝姿をそっちでずっと窺っていた挙句、琳太郎が目を覚ましたとたん、私を部屋に閉じ込め、嬉々《きき》として忍び込んだくせに！」

「私だけではないでしょう？　滥。私は知っているのですよ。貴方がそこの襖に張り付いて、その眼《め》で琳太郎さんをじっと視《み》ていたことを。はしたないのでなければ、いやらしいですね」

「え…、ええっ…？」

蹴破られた白い竜の描かれた襖と、部屋を挟んだ反対側の黒い竜が描かれた襖を、琳太郎は仰天して見比べる。

両隣の部屋も客間だと思っていたのに、まさか、それぞれ濫と璃綾の私室だったのだろうか。眠る琳太郎をずっと見守っていたのなら、目を覚ましたタイミングで夜食を用意するのも簡単だろうが、どちらの襖もきちんと閉ざされていたのに。

驚愕《きょうがく》する琳太郎の頭上で、親子の言い争いは続く。

「毒蛇の分際で減らず口を…！　私が琳太郎を見守るのは当然だ。琳太郎は、私の、に…」

「――濫」

濫の語尾に、璃綾がぞっとするほど低く冷たい声を被《かぶ》せる。

濫ははっと口をつぐみ、何度か呼吸をしてから琳太郎を抱く力を強めた。大の男を退かせる凜々しさを纏う濫が、ひどく弱々しく感じる。

「濫さん…？」

腕の中から呼びかけると、濫はいつもの冷静さをようやく取り戻したようだった。

「……琳太郎は、私の義弟だからな。不自由が無いか、寂しい思いをしていないか、見守るのは当然の義務だ」

やるせなさそうな表情に、胸をぎゅっと摑《つか》まれる。不自由で寂しいのは濫の方ではないだろ

うかと思ったら、身体《からだ》が勝手に動いていた。腕の中でくるりと反転し、しなやかな肉体に正面から抱きつく。

「りっ、琳太郎っ？　お前、どうして」

濫が動揺しても、構わず胸に頬をすり寄せる。

女性特有のふくよかな膨らみは無い平たい胸にも、嫌悪は湧《わ》いてこない。白の絽《ろ》と長襦袢《ながじゅばん》越しに滲み出る濫の匂い…陽《ひ》に温《ぬく》もった水のような匂いが、とても懐かしい気がする。

生まれる前から、包まれていたような……。

「……琳太郎…。私の……」

「たぶらかされてはいけません、琳太郎さん」

背後から伸びてきた腕が、今にもひしと抱擁しようとしていた濫から琳太郎を奪っていった。

再び璃綾の胸に収まった琳太郎を挟み、親子がばちばちと火花を散らさんばかりに視線をぶつけ合う。

「琳太郎はたぶらかされてなどいない。あるべき場所に収まろうとしただけだ。お前こそ、そのおぞましい手を放せ！」

「こんなに可愛い琳太郎さんを、あっさりと奪われるような非力な小僧に渡せるはずがないでしょう」

「非力だと？　一体、誰のせいだと思って…っ」

や……、やめてくれ……！

美しすぎる親子の剣呑《けんのん》な言い争いの最中、琳太郎は声にならない悲鳴を上げていた。

濫に名を呼ばれれば、濫の元へ戻って寂しい心を慰めてやりたくなる。けれど璃綾に呼ばれれば、このまま璃綾に抱かれていたくなる。

どっちつかずの状態に、心臓はかきむしられるように痛み、身体から力が抜けていく。

「……も……、本当に、やめ……」

「琳太郎さん……――」

くずおれる身体を、璃綾がうろたえつつもしっかりと抱き止めてくれる。

ひんやりと冷えた水の匂いを最後に、琳太郎の記憶は途切れた。

次に目覚めた時、室内は障子越しにも明るい太陽の光に照らされていた。

琳太郎はまた布団に寝かされていたが、濫と璃綾の姿は無い。土鍋は片付けられ、外れていた襖も元通りにされていた。

琳太郎は枕に顔を押し付け、息を吐き出す。

「ああ、もう……」

この邸《やしき》を訪れてからの出来事――父の葬儀や遺産分割協議、昨夜の濫と璃綾の争いまでが寝起きの脳を駆け巡ると、すぐにでもまた眠りの世界に戻りたくなってしまう。あれだけ眠ったのに、疲労は少しも取れていない。

竜神の伝説が残る生まれ故郷に帰ったら、旧家の跡継ぎに指名された。義母はとんでもない美人で、でも琳太郎にだけは男に見えて、年下にしか見えない義兄と対抗心丸出しで言い寄ってくる。しかも、二人の部屋は琳太郎の両隣で、眠る琳太郎を東西からじっと見守っていたらしい。

改めて思い返せば、設定も展開も色々と無茶苦茶だ。これがゲームなら、とうにプレイをやめている。だが、これは現実だ。やめたくてもやめられない。

「しっかりしろよ、俺…璃綾さんは、女じゃないだろ…」

何度も確かめたから、間違いない。璃綾は男だ。琳太郎は、自分より長身で体格もいい男たちにさんざん触れられた挙句、嫌悪も覚えず、されるがままになっていたのだ。今まで、同性相手にときめいたことなんて無かったのに。

――父の葬儀や思いがけない遺言で、神経が昂《たかぶ》っていたせいだ。この邸を出れば、濫や璃綾に対する気持ちも消えるに決まっている。

琳太郎は布団をはねのけ、弾みをつけて起き上がった。ありがたいことに、部屋には小さな浴室があったので、軽くシャワーを浴びてから持参してきた服に着替える。

いつものシャツとジーンズの格好になったら、冷静さも戻ってきた。

弁護士を呼んでもらい、璃綾たちの前で遺産を放棄したいと宣言しよう。そして、今日にでも祖父母の待つ家に帰るのだ。璃綾たちが失望し、落胆する姿を想像すると、また左胸が痛むけれど…。

部屋を出るとすぐに、中年の使用人の女性が声をかけてくれた。

「おはようございます、琳太郎様。居間に朝食の準備が出来ていますが、よろしければお部屋までお持ちしましょうか？」

「いえ…、あの、出来たら、璃綾さんか濫さんと一緒に食べたいんですが」

そこで弁護士を呼んでくれるよう頼もうと思ったのだが、使用人は申し訳無さそうに表情を曇らせる。

「それが、奥様は今、来客中で…濫様は、さきほど外へ散策に出られました。琳太郎様が目を覚まされたら、お一人で朝食をお召し上がり頂くよう申しつけられております」

「え…そう、なんですか…」

昨夜はあちらから押しかけてきたのに、今朝は二人揃《そろ》って会えないだなんて、避けられているみたいだ。

がっかりしかけて、琳太郎は思い直す。顔を合わせる時間を短く出来るのなら、喜ぶべきだ。

わざわざ運んでもらうのも悪いので、琳太郎は居間に赴いた。

ご飯に味噌汁《みそしる》、焼き魚や煮物などの純和風の朝食を食べながら、給仕のために控えている使用人に気になっていたことを尋ねる。

「璃綾さんのところに来てるお客さんって、誰なんですか？」

「『ＥＶＥＲ』の方だと思いますよ。今日は確か、定期報告の日ですから」

年輩の女性が多い中、珍しく若い使用人は村の外から嫁いできたそうで、気さくに話し相手になってくれた。

『ＥＶＥＲ』の創立者である祖父の亡き後は長男の父が受け継いだのだが、十五年ほど前、弟の宗司が突然代表取締役の座を譲り受けたのだという。

宗司は新たな顧客を次々と獲得して売上を更に伸ばしたが、会社のオーナーはあくまで饗庭家であるため、定期的に業績報告を行っているそうだ。

なるほど、それで宗司は昨日、我が物顔で喪主席に座り、法定相続人でもないのに遺産分割協議にまで参加していたのか。琳太郎はようやく納得した。

きっと、次の当主に指名されるのは、饗庭家の資産を築き上げてきた自分だと宗司は信じていたのだろう。宗司を取り巻いていた弔問客《ちょうもん》たちは、希少な美容水を当主となるだろう宗司に優先的に回してもらえるよう、顧客たちから遣わされたのだ。

なのに実際は、直系とはいえ、とうに村を出されていた琳太郎に喪主ばかりか次の当主の座まで奪われたのだから、面目は丸潰《つぶ》れである。

おそらく、琳太郎が考えるより宗司の恨みは強いだろう。弁護士の話では都心にいくつも不動産を所有しているそうだし、この家屋敷だけでも相当な資産価値があるはずだ。

……いや、本当に、金銭の恨みだけだろうか？

父の遺言書には、相続の条件として、璃綾と濫の生活を生涯にわたって保障するよう掲げられていた。つまり、当主となった者が、あの美しい璃綾を傍《そば》に置けるのだ。

宗司があれほど逆上したのは、璃綾を手に入れそこなったせいもあるのではないだろうか

……？

「琳太郎様、お代わりですか？」

空の茶碗《ちゃわん》を持って考え込んでいたら、使用人がしゃもじを手に話しかけてきて、琳太郎は疑問を頭から追い払った。いくらなんでも、飛躍しすぎだ。

朱塗《ぬ》りの飯櫃《めしびつ》からお代わりをよそってもらい、ついでに淹《い》れてもらった緑茶をすすると、気分もだいぶ落ち着く。

「昨日葬儀が終わったばかりなのに、璃綾さんは大変ですね」

「慣れていらっしゃいますから。だいぶ前から、家のことは奥様が取り仕切っておいでですもの。…まあ、旦那様があんな調子では仕方無かったんでしょうけど…」

「あんな調子って？」

聞き返すと、使用人ははっとして口元を押さえ、立ち上がった。

「すっ…、すみません！　私、急用を思い出しましたので…！」

「え、ちょっと…」

そそくさと逃げ出した使用人を、琳太郎は呆然と見送るしかなかった。

すぐに別の使用人がやって来て給仕をしてくれるが、必要最低限の受け答えだけで、他は何を聞いてもだんまりである。

——ありゃあ、男の精気を吸う魔物だよ。ご当主様も奥方様に精根吸い尽くされて死んだに違いねえ。奥方様にぞっこんだったからな。

そこで村人の噂話《うわさ》を思い出し、疑問がまたむくりと頭をもたげる。

琳太郎を優しく抱き締めてくれたあの腕に、亡き父も抱かれたのだろうか。貞淑に閉ざされた襟をはだけ、琳太郎はまだ拝んだことの無い胸をさらけ出させ、白い肌を彩る二つの花に吸いついて…乱れた裾から、手を差し入れて……。

「だ…、駄目だ、駄目だっ！」

琳太郎は残りの食事をかっ込むと、どこか散歩に出られそうな場所は無いか、使用人に尋ねてみた。邸内に居たら、無駄に豊かな想像力のせいで、際限無く妄想が膨らんでしまいそうだったのだ。

「でしたら、生滝《なるたき》に行かれてはいかがですか？　琳太郎様が帰参の挨拶をなされれば、竜神様もお喜びになるでしょう」

生滝は邸の奥門から出て、裏山を二十分ほど歩いたところにあるという。

滝まではなだらかな上り坂の一本道が通っており、舗装《ほそう》はされていないが、剝《む》き出しの土はしっかりと踏み固められ、勾配の急な部分には石階段が設置されているおかげで歩きやすい。

村人たちがひんぱんに滝を訪れては、参拝しているのだろう。道の入り口には、村人以外の立ち入りを禁じる看板が立てられていた。

「はあ、はあ…」

琳太郎は噴き出る汗をタオルで拭《ぬぐ》いながら、のろのろと道を辿《たど》っていた。村人たちにとっては大したことの無い道程でも、都会育ちの琳太郎にはちょっとした冒険だ。邸の敷地を出たとたん、真夏の熱気に襲われたせいで、着替えたばかりのシャツは早くも汗で湿っている。

璃綾の来客もそろそろ帰る頃だろうし、引き返してしまおうか。

惰弱にも諦めかけた琳太郎の耳に、微《かす》かな水飛沫《みずしぶき》の音が届いた。吸い寄せられるように進んでいくと、ぬるま湯のようだった空気がだんだん冷え始め、琳太郎の足取りは軽やかになる。

やがて、鬱蒼《うっそう》と茂る木々はふつりと途切れ、唐突に視界が開けた。

入道雲の泳ぐ真夏の青空。その下に広がる光景に、琳太郎は息をするのも忘れて圧倒される。

小高い山を穿《うが》ち、落下する瀑布《ばくふ》は、有名な観光地のそれに比べれば決して大規模ではない。高さもせいぜい二十メートルあるか無いかだろう。

だが、乾きなど知らぬとばかりに白く泡立ち、溢れ落ちる一筋の滝波は、今にもあの青空目指して翔け上がろうとする白い竜だ。純粋な村育ちではない琳太郎ですら、その神々しさにひれ伏したくなってしまう。この生滝を、竜神に与えられたものだと崇《あが》めてきた村人たちの気持ちがよくわかる。

「ああ……」

強烈な衝動に襲われ、琳太郎はふらふらと滝壺《たきつぼ》へ引き寄せられた。

柵の類《たぐい》は一切取りつけられていないので、岸辺に跪《ひざまず》けば、手を伸ばせば水に触れることが出来る。怖いほど冷たく澄んだ水で満たされた滝壺は、真上から覗き込んだだけでは底が窺えないくらいに深い。

——人の目では決して捉《とら》えられない水底には、竜神が棲《す》んでいる。だから、ここから汲《く》んだ水は神秘の力を持ち、人々が血眼になって欲しがる美容水の原料になるのだ——。

ぼやけた頭でそんなことを思い、琳太郎は滝壺に浸した手をじょじょに沈めていく。

肌を刺すようだった冷たさは、もう微塵《みじん》も感じなかった。むしろ、沈んだ部分から、温もりが染み込んでくる気さえする。

もっと、全身でこの温もりを感じたい。

無意識の求めに従い、琳太郎は前のめりになり、ずぶずぶと身を沈めていく。

「駄目だ、琳太郎」

覚えのある声がして、後ろからぐいっと引き上げられた時には、Tシャツの袖まで濡《ぬ》れそぼっていた。

「…濫…、さん？」

腕を掴む麻の着物姿の少年を、琳太郎はきょとんとして見上げた。

ついさっきまで、このあたりに人影は無かったはずだ。点在する岩はどれも琳太郎の膝ほどの高さで、人が隠れられそうもないのに、濫は今までどこに居たのだろうか。

「……良かった。一時的に中《あ》てられただけのようだな」

心配そうに歪《ゆが》んでいた顔が安堵《あんど》に緩む。並外れた美貌の、鮮やかな変化に魅せられ、何に中てられたのか、と尋ねることは出来なかった。

「全く…こんなに濡らしたら、真夏でも風邪を引いてしまうではないか」

濫は琳太郎が首に巻いていたタオルを抜き取り、濡れた腕や袖口を拭ってくれた。母親のように甲斐甲斐《かいがい》しく世話を焼かれるうちに、不思議な衝動は身の内から消え失《う》せ、代わりに肌寒さを覚える。

「…っ、くしゅんっ」

「ああほら、言ったそばから…」

濫は懐紙を取り出し、くしゃみで少し垂れてしまった鼻水を拭《ふ》いていく。

白い滝から上がる水飛沫が、浅葱《あさぎ》色の小紋を纏《まと》った濫をきらきらとまばゆく輝かせた。

黒紋付を脱いだせいなのか、真昼の太陽に照らされた濫は昨日よりも強く清浄な光を放っていて、惹《ひ》きつけられてしまう。

「…琳太郎」

「は…っ、はいっ――」

ふいに呼びかけられ、琳太郎はぎくりとする。

てっきり、馬鹿みたいに見惚《みと》れていたのがばれたのかと思ったのだが、そうではなかった。

濫は少しかがんで琳太郎と視線を合わせるや、小さく頭を下げたのだ。

「昨日は、すまなかったな」

「……へっ？」

「私たちが騒いだせいで、要らぬ負担をかけてしまった。お前は父を亡くし、帰ってきたばかりだったというのに…」

「濫さん……」

そんな殊勝な態度を取るのはやめて欲しかった。昨日から溜《た》まっていた不信感やわだかまりが薄らぎ、罪悪感に苛《さいな》まれてしまうから。

濫も璃綾も何故か琳太郎を次の当主にしたがっているが、琳太郎はあと数時間もすれば相続自体を放棄し、この邸を出て行ってしまうのだ。最後までおかしいだけの人で居てくれれば、何も思い残すこと無く祖父母の元に戻れるのに。

「…いえ、びっくりはしましたけど、嫌じゃありませんでしたから。どうか、顔を上げて下さい」

嫌じゃなかったのが一番問題なのだが、いつまでも頭を下げさせ続けるのは胸が痛み、琳太郎は促した。

濫は素直に従い、苦笑する。

「お前は優しいな。私はどんな罵詈雑言《ばりぞうごん》を浴びせられようと、打擲《ちようちやく》されようと、甘んじて受けようと思っていたのだが」

「打擲って…俺が濫さんを殴るってことですか？　あのくらいで、普通、そこまでしませんよ…！」

「いや、私たちはそれだけの咎《とが》を犯した。お前にようやく逢《あ》えてすっかり舞い上がり、感情をそのままぶつけてしまった。だからお前は昨夜、気を失って眠り込む羽目になったのだ。守るべき者を傷付けるなど、決して許されない」

濫が苦しげに漏らした言葉の内容を、琳太郎は半分以上理解出来なかった。

感情をそのままぶつけたから気を失うだなんて、普通はありえない。ましてや、琳太郎が濫に守ってもらう理由も無い。けれど、驚くのと同じ強さで、濫の言い分をすんなり受け入れようとする自分が居るのが不思議でたまらない。

「だったら……濫さん。俺には貴方が俺より年下に見えるし、璃綾さんは男に見えるって言ったら、どうしますか？」

ふいに、そんな問いが口をついたのは、濫ならごまかしや嘘偽りの類を言わないという妙な確信を持ったからだ。

「お前の目は、間違ってはいない。私はお前を絶対に欺《あざむ》かないし、あの毒蛇も…お前にだけは偽らない」

「…っ、俺の目が、正しい？　なら、村の人たちの目がおかしいんですか？」

「いや、彼らも間違ってはいないのだ。単に、お前とお前以外の者では、見えているものが違うだけ。…お前の学友たちも、私たちの姿に不審を抱かなかっただろう？」

「え……あっ」

隠し撮りがばれていたと悟り、琳太郎は青くなるが、濫に怒りの気配は無い。

「琳太郎。お前は、他の誰とも違う。その穢《けが》れ無き魂は、人間よりも私たちに近い。だから私たちの真実を見抜き、私たちに強く影響されもする」

「そんな…そんな、言い方…」

それじゃあまるで、濫と璃綾が人間ではないみたいじゃないか――。

にわかに浮かんだ疑問を、琳太郎はぐっと飲み込んだ。濫に尋ね、もしもそうだと肯定されたら、取り返しのつかない事態に陥ってしまいそうで…二度と祖父母や仲間たちの元に戻れなくなりそうで怖かった。

滝の傍は真夏の屋外とは思えないほど涼しいのに、背中をじわりと嫌な汗が伝い、ひどい渇きを覚える。

無意識に喉を上下させると、濫がさっと岸辺にかがんだ。よく見れば、ひときわ大きな岩に、数本のひしゃくがたてかけられている。

「ほら、飲め。ここに来るまで、汗をかいただろう？　水分を補給しなければ」

濫はひしゃくで滝壺から水を汲み、琳太郎の口元に差し出してくれる。

ありがたく口をつけようとして、琳太郎は慌てて身を引いた。

「この滝の水って、美容水の原料…えっと、変若水《おちみず》なんでしょう？　そんな貴重な水、俺なんかが飲むわけにはいきませんよ…！」

「なんだ、知らないのか？　変若水を汲めるのは水源だけだ。滝の水は村の者なら誰でも自由に飲めるし、水道水にも利用されている」

濫の説明によれば、生滝の水源は饗庭家の敷地内に存在し、地下殿と呼ばれている。その入り口は神域として固く閉ざされており、中に入って変若水を汲めるのは地下殿の鍵を持つ饗庭家の当主だけ。饗庭の血を引かない者が地下殿に入ろうとすれば、怒れる竜神に命を奪われるという。

「だから、地下殿の鍵を所有し、『汲水《きゆうすい》の儀』を済ませた饗庭の血族だけが当主と認められるのだ」

「…『汲水の儀』って、昨日も濫さんが言ってましたが、どういうものなんですか？」

「字のままの意味だ。当主に指名された者が地下殿に入り、変若水を汲んで地上に戻ってくれば、晴れて正式に当主と認められる」

「…だから叔父さんは昨日、あんなに強気だったのか…」

饗庭の血族しか『汲水の儀』を行えないのなら、璃綾や養子の濫は絶対に当主にはなれない。遺言状や法律の規定がどうあれ、宗司を当主として受け容《い》れるしかないのだ。…琳太郎さえしゃしゃり出なければ、の話だが。

琳太郎が相続を放棄すれば、当主の座は今度こそ宗司の手に渡る。

璃綾も濫も、庇護《ひご》の名目でどんな扱いを受けるか。昨日の宗司の言動を思い出す限り、嫌な予感しかしない。二人が琳太郎を当主にしたがるのは、宗司よりはましだと判断したからかもしれない。

「何も恐れることは無い。言っただろう？　お前には私が付いているのだから」

励ましてくれる優しい笑顔を直視出来ず、琳太郎はひしゃくを受け取り、冷たい水を一気に飲み干した。

帰り道は濫と共に辿ったが、琳太郎がこれから璃綾に会うつもりだと告げると、濫はさっさとどこかへ行ってしまった。

「これでも反省したつもりだが、あの毒蛇と共に居ると、また我を忘れてしまうかもしれないからな」

琳太郎としても、相続放棄の気まずい場面に濫を立ち会わせずに済むのなら、心がいくぶん楽になる。璃綾に聞かれてしまうのは、避けられないだろうけれど。

「璃綾さん、ちょっといいですか？」

自室に戻り、黒い竜の描かれた襖越しに呼びかけるが、いっこうに応えは無い。散歩に出てから二時間近く経《た》つのに、まだ客への応対中なのだろうか。それとも、どこかへ出かけてしまったのか？

首をひねりながら廊下に出て、使用人を捜す。用事がある時にはなかなか見付からないもので、広い邸内をうろうろさまよっていると、ようやく人の声が聞こえてきた。

休憩中なのか、二人の使用人が少し先の縁側に座って談笑している。中年の女性と、琳太郎の給仕をしてくれていた若い使用人だ。

「あの――」

「奥様、お一人で平気なんでしょうかねぇ？　宗司様、琳太郎様がお留守で、ずいぶんとご立腹のようでしたけど…」

璃綾の居場所を尋ねようとして、琳太郎は反射的に傍の衝立《ついたて》に隠れた。そろそろと窺うが、おしゃべりに夢中の二人は、琳太郎が聞き耳を立てていることに気付きもしない。

「まあ、あの奥様なら心配は要らないだろうよ。今までだって、家のことは日那様に代わって何でもこなしてこられたんだから」

「でも、宗司様がいらしてもう一時間近く経つんですよ。さっきも怒鳴り声が聞こえましたし、一度、様子を見に行った方がいいんじゃ…って、え？　琳太郎様っ⁉」

琳太郎が衝立を蹴倒しそうな勢いで進み出ると、二人はぎょっとした顔で振り返った。うろたえる若い使用人ににじり寄り、琳太郎は詰問する。

「璃綾さんは、どこで叔父さんと会っているんですか⁉」

「お…っ、母屋の、東の端の部屋です…っ。そこが、応接間で…」

「母屋の、東端の部屋ですね！」

気圧《けお》され、こくこくと頷《うなず》く使用人たちを置き去りに、琳太郎は駆け出した。

おそらく宗司は、昨日の遺言状について琳太郎と話し合うため、邸を訪れたのだろう。散歩に出ていた琳太郎の代わりに璃綾が応対したので、居留守でも使われたと思って怒りに拍車をかけてしまったのかもしれない。

琳太郎が生滝へ行ったのは使用人も知っているから、璃綾は琳太郎を呼び戻すことも出来たはずだ。あえて璃綾が応対したのは、きっと、琳太郎を宗司と会わせたくなかったからに違いない。

もしも昨日のように、宗司が璃綾に摑みかかっていたら――。

想像するだけで、心臓が激しく脈打つ。非力な自分ではまた振り払われるだけだとわかっていても、駆け付けずにはいられない。琳太郎が受けるべき暴力を璃綾に肩代わりさせるなんて、許せるものか。

すれ違う使用人たちが何事かと声をかけてくるのも無視して走り続け、琳太郎はどうにか教えられた部屋に辿り着いた。

入室の許可を求めるのももどかしく、襖をばんっと開け放ったとたん、室内の注目は琳太郎に突き刺さる。

「琳太郎さん…？　どうしてここに…」

下座の璃綾が琳太郎を振り返り、切れ長の目を瞠《みは》る。

喪服に乱れは無く、ほっと胸を撫で下ろしたのも束《つか》の間。座卓を挟んだ向こう側、上座に腰を下ろした宗司が皮肉っぽい顔つきで噛《か》み付いてくる。

「女の細腕に庇《かば》われるのは、さすがに居たたまれなくなったのか？　まあ、尻尾を巻いて逃げ出さなかったのだけは誉《ほ》めてやるが」

「宗司さん…琳太郎さんは逃げたのではなく、ただ外出なさっていただけだと、何度も申し上げたではありませんか」

「ふん、どうだかな。何せこいつはあの兄貴の子だ。生まれつき臆病で怠惰に決まっているわ」

璃綾の注意を、宗司は鼻先で笑い飛ばした。どうやら、亡き父とは良好とはとても言いがたい仲だったようだ。

しかし、ならば何故、父は重要な会社の経営を宗司に任せたりしたのだろうか。

「琳太郎。死人に鞭《むち》打つようなことは言いたくないが、お前の父はどうしようもない役立たずの怠け者だった。俺が代わりに経営を受け持つことになったのは、兄貴がすっかり腑《ふ》抜《ぬ》けにされて、使い物にならなくなったせいだ。……そこの女に、溺れきってな」

宗司は血走った目をぎろりと璃綾に向けるが、璃綾はただひたすら琳太郎を心配そうに見詰めている。それが癪《しゃく》に障るのだろう。宗司はたるんだ頬を怒りで真っ赤に染め、語気を荒らげていく。

「兄貴があんな死に方をしたのは自業自得だ。朝から晩までそこの女と部屋にこもって乳繰り合い、ろくに日の光も浴びず、不摂生極まりない生活を十年以上も続けていたんだからな。むしろ、あのくたばりぞこないが、今までよく持ったものだ」

「…宗司さんっ！　お父様を亡くされたばかりの琳太郎さんに、なんてことを！」

さすがに聞きとがめた璃綾が、鋭く非難する。琳太郎が初めて見る険しい表情は壮絶に美しく、ひれ伏してしまいたくなるほどだったが、今の宗司には逆効果だった。璃綾の注目を浴び、突き出た腹を満足そうに揺らす。

「俺はただ、可愛い甥《おい》に教えてやっているだけだ！　自分の父親がどんな人間で、どんなふうに骨抜きにされて死んでいったのか、知らぬままでは不憫《ふびん》だからな。ああ、いくらでも聞かせてやるとも。あんたが、男の精気を吸う化け物だってことをな…！」

「こ…っ、の、クソジジイ…！」

これ以上、調子づいたこの男にさえずらせたくない……璃綾を侮辱《ぶじょく》させたくない。

気が付けば、琳太郎は璃綾の隣にあった座布団を拾い上げ、せせら笑う宗司目がけて投げ付けていた。たいした痛手は負わせられなかったはずだが、顔面に命中した座布団が床に落ちるや、宗司は怒気も露《あら》わにがなりたてる。

「何と無礼な真似《まね》を！　俺は、この饗庭家の次代当主だぞ。大蛇の忌み子ふぜいが手を上げて、許されると思っているのか⁉」

「…ッ、遺言書で指名されたのは、あんたじゃない！　それに…次代、次代って言うけど、あんたはまだ『汲水の儀』すら済ませてない、ただのおっさんじゃないか。璃綾さんを化け物呼ばわりする資格なんて無い…！」

宗司の怒りの形相は恐ろしかったが、琳太郎は負けじと踏ん張った。脚ががくがく震えてへたり込みそうになるのを、必死に堪《こら》える。

絶対に、ここで退《ひ》くわけにはいかない。璃綾を守らなければ。強く念じれば、心臓が鼓動を刻み、琳太郎を励ます。

「何の苦労も知らないガキが…！　お前やお前の父親がのうのうと暮らしている間、俺は努力に努力を重ね、傾きかけていた会社を立て直し、今までの倍以上の利益を叩《たた》き出したのだぞ。だから、俺が次代の当主になるのが当然なのだ。今すぐ相続を放棄し、ここから出て行け。そうすれば……」

興奮しきった宗司の視線が、隠しきれない欲望をまき散らしながら璃綾の全身を舐《な》め回す。もしも琳太郎が大人しく宗司に従った場合、璃綾がどんな扱いを受けるのか、嫌でもわかってしまう。

——亡夫を悼《いた》むため、葬儀を終えても貞淑な黒を纏った璃綾が、布団の上に引きずり倒される。弾みでめくれ上がった裾から覗くふくらはぎの白さ、乱れた髪の醸し出す色香、少女では出せない艶に、魅せられない者など居ない。野獣と化した宗司は、助けを求める唇にむしゃぶりつき、悲鳴すらも吸い取って、欲望の赴くがまま璃綾の肢体を——。

「…ゆる…、さ、ない」

脳内を駆け巡った想像は、怒りの炎と化し、たちまち理性を焼き尽くした。早く帰ってきてねと送り出してくれた祖父母、琳太郎の代わりにイベントで好きなサークルの本を買ってきてやると約束してくれた仲間たちの姿が、どんどん焼け焦げていく。

「琳太郎さん…、落ち着いて。私なら良いのです。饗庭家の皆さんにどう罵《ののし》られても、仕方の無い身なのですから。宗司さんは、琳太郎さんのたった一人の叔父。私などのために仲違《なかたが》いをされてはいけません…！」

「許さない…、許せないっ！」

璃綾の説得は、炎を弱めるどころか、いっそう強く燃え上がらせた。璃綾を置いて去るなど、飢えた猛獣の檻《おり》に丸々太った羊を放り込むようなものだ。

こんな時でさえ琳太郎を慮《おもんばか》り、己を二の次にする健気《けなげ》な姿が、懐かしくも大切な記憶に重なる。

青い空間で、一分一秒たりとも離れず、琳太郎を慈しんでくれた人。

琳太郎に呼ばれるたび、嬉《うれ》しそうに破顔し、抱き上げてくれた。琳太郎よりもずっと逞しく、背も高かったけれど、いつもどこか寂しげで、ともすれば泡となって消えてしまいそうな儚《はかな》さがあった。いつか大きくなったら、自分が守ってあげるのだと思っていた。

――いや、今でも思っている。

もしも琳太郎が、悲しげに俯《うつむ》いた璃綾の唇が弧を描いていることに気付いたなら、あるいは理性を取り戻せたのかもしれない。

だが、琳太郎は宗司を睨《にら》み付けるのに必死で、他に気を回すゆとりなど無かった。

「…な…、何だ、お前は…この俺に向かって…」

全身から怒気を発散する甥に、宗司はさすがに鼻白んでいる。螺鈿《らでん》細工の座卓を回り込み、叔父を間近で見下ろしながら、琳太郎は毅然《きぜん》と言い放った。

「おかあさんは、お前なんかに…他の誰にも、絶対に渡さない！」

「村で育ちもしなかったガキが当主なんて、認められるか…！　絶対に目に物見せて、ここから追い出してやるからな！」

とんでもないことを仕出かしてしまったと悟ったのは、宗司が不穏な言葉を残して去った後だった。廊下からどすどすと荒い足音が聞こえなくなると、静まり返った室内に、自分の呼吸と激しい鼓動だけが響く。

「…社長！　お待ち下さい！」

乱暴に叩き付けられた反動で細く開いた襖の隙間から、スーツ姿の男たちが宗司を追いかけて行くのが見えた。定期報告のために訪れていたという、『ＥＶＥＲ』の社員だろう。報告を終えた後、近くの部屋で待機し、宗司が名実共に饗庭家当主になるのを見届けるつもりだったに違いない。

饗庭家が経営する会社で働いているのは、ほぼ村人か、その親類縁者だという。

琳太郎が宗司に真っ向から反抗したことは、早晩、彼らの口から村じゅうに広められるだろう。弔問に訪れていた顧客たちに伝われば、取り入る相手を琳太郎に乗り換えようとする者も出てくるはずだ。

宗司が絶対に目に物見せてやると言い捨てていったのは、きっとただの脅しではない。

今、琳太郎に何かあれば宗司は真っ先に疑われる立場だが、竜神のもたらす富で潤うこの村の中でなら、村人たちに協力させ、警察の捜査をかわすのも可能である。

断崖絶壁で爪先立ちをしているような恐怖がこみ上げ、体内で暴れていた炎は搔《か》き消えた。

熱を失った手が、かたかたとひとりでに震えだす。

「…俺…は、何、を……」

ついさっきまで、琳太郎は何もかも放棄し、優しい祖父母の元へ戻るつもりだったはずだ。遺産も当主の座も、宗司の好きにすればいいと思っていた。

これじゃあ正反対じゃないか。何故こんなことになった。何のために、自分は……。

「うあ…っ…！」

無防備な肩をさらりとした何かにくすぐられ、琳太郎は小さく跳び上がった。それが背後から伸ばされた璃綾の袂《たもと》だと理解したのは、璃綾が琳太郎の背中に寄り添い、細く開いていた襖をぴたりと閉ざした後だ。

応接間は、薄い襖を隔て、外と完全に切り離された。

「……ごめんなさい、琳太郎さん」

襖から離れた璃綾の手が、ひくっと震える喉を撫でる。いたわりと慰めのこもった仕草に、それ以外の何かを感じてしまうのは、囁く声音が甘く濡れているからだ。

「本当は…琳太郎さんは、当主にはなりたくなかったのでしょう？　なのに、私を庇ったせいで、こんなことになってしまって…」

「…気付いて…、たんですか…」

「私は琳太郎さんの義母ですもの。貴方のことなら、何だってわかりますよ」

「んっ……あ……っ！」

濡れたものが耳朶をちろりとかすめ、喉を這《は》う指先とは対照的な熱さに、肩がびくんびくんと勝手に跳ねてしまう。

正体を確かめたくても、璃綾の手は存外に力強く、ただ喉に手を添えられているだけなのに全く首を動かせない。

「私は、琳太郎さんが可愛い……琳太郎さんの望みなら、何でも叶えて差し上げたいんです。琳太郎さんが当主になりたくないのなら、従うつもりでいました。その気持ちに、嘘など無かった」

ちろり、ちろり。

正体不明の熱い感触は、璃綾が切なげに声を震わせるたびに耳朶や耳孔、時にはその奥まで入り込み、琳太郎本人ですら滅多に触れることの無い部分を濡らしていく。

極上の絹にも似たなめらかさ、そして適度な弾力は、璃綾の舌ではないかと思う。しかし、普通の人間の舌は、耳孔の奥まで舐め回せるほど長くはないはずだ。それに、濡らされるそばから肌をじわじわと火照《ほて》らせもしない。

ならば一体、これは何――？

「けれど……私はやはり、どこかで願っていたのです。亡き旦那様の跡は、琳太郎さんに継いで欲しいと。そして一生、親子で仲良く暮らしていきたいと」

「ふあっ…、あ、あ…ん…」

「だから、琳太郎さんが私を誰にも渡さないと宣言して下さった時…私は、嬉しいと思ってしまった。琳太郎さんのために想《おも》うなら、止めなければいけなかったのに…」

さっきまでの恐怖は疑問と熱の渦に飲み込まれ、琳太郎の身体に再び熱い炎を灯《とも》す。宗司に抱いていたそれとは違い、ゆっくりと、とろとろに蕩《とろ》かしていく。不安も、理性も、何もかも。

「こんなに浅ましく醜い私を守って下さるなんて…琳太郎さんは、本当に優しい子。私の一番可愛い子…誰よりも、愛しい…」

『琳は優しい子…。私は貴方が一番可愛い。誰よりも愛しい、私の子……』

青い空間で愛《め》でられた記憶と、璃綾の纏うほのかな水の香りがぶれながら重なる。

二人だけの空間で、美しく優しい『おかあさん』は琳太郎だけのものだった。

だが、『おかあさん』と同じ姿、同じ声をしていても、璃綾は違う。琳太郎だけのものではない。ほんの数日前まで、この人は父の妻だったのだ。更に遡《さかのぼ》ればまた別の男の妻で、濫という実子まで儲《もう》けている。

琳太郎が知っているだけでも、二人の男が璃綾を妻と呼び、その身を自由にしていたのだ。今は喪の黒に隠された肢体を晒し、白絹よりも白くなめらかな肌を愛撫《あいぶ》することを、琳太郎以外の人間にも許していた。

「…嘘、だ…」

絞り出した呻《うめ》きがまるで頑是無い幼子のようだと思ったのは、琳太郎だけではなかったらしい。喉を這っていた手が胸元まで下がり、左胸をシャツ越しに撫でる。その奥で縮こまっている心臓ごと慰めてやりたいとばかりに。

「嘘ではありませんよ。私は、琳太郎さんが一番です」

「嘘…、嘘、嘘だ。だって、璃綾さんは父さんの奥さんだった…。濫さんって子ども居る。でも、俺はただの義理の息子で…璃綾さんとは、…何の、繋《つな》がりも無い…」

「そんなに悲しいことを言わないで。…ねえ、琳太郎さん。拗《す》ねないで。どうか、私を信じて」

なだめ、丸めこもうとする口調が、神経を逆撫でした。

どこまでも、琳太郎は子ども扱いなのか。少し優しく慰められれば、おとなしくなると見くびられているのか。

「……嫌、だ！」

俺だけが可愛いんじゃないくせに！　父さんにだって、触れさせたくせに！

強烈な怒りと嫉妬《しっと》のまま、琳太郎は璃綾の手を引き剝がした。抱き寄せられそうな気配を感じ、振り返りざま、黒紗に阻まれた胸をぐいっと押す。

「あ……っ」

決して強く突き飛ばしたつもりではなかったが、怒りで力の加減が出来ていなかったのか、璃綾の長身はぐらりと揺らぎ、呆気無く畳に崩れ落ちた。黒紗の袖や裳裾《もすそ》を乱れさせてうずくまる姿は、理不尽な狼藉《ろうぜき》で美しい翅《はね》を傷付けられた揚羽蝶《あげはちょう》にも似て、ひどく痛々しい。

「璃綾さんっ…！」

琳太郎は動転し、璃綾の傍にしゃがみこんだ。怒りは一気に消え失せ、代わりに罪悪感が胸をずきずきと痛ませる。

「すみません、璃綾さん…俺、俺、何てことを…っ」

助け起こしてやりたいが、下手に触れれば壊してしまいそうで恐ろしい。

おろおろと手をさまよわせていると、璃綾がゆっくりと半身をねじり、琳太郎を斜め下から見上げてきた。

長い睫《まつげ》の奥で揺れ動くのは、漆黒の深淵《しんえん》だ。

飲み込まれそうな錯覚に陥り、後ずさりかけた琳太郎の腕に、冷たくしっとりとしたものが絡み付く。うごめく蛇――ではなく、璃綾の手だ。

「琳太郎さん、痛い…」

「え…っ、ど、どこが？」

つらそうに眉を顰められ、誰か呼ばなくてはと腰を浮かせるが、璃綾は手を離さない。視線を逸《そ》らすのも許してくれない。見詰め合えば見詰め合うほど、ずぶずぶと深淵に沈み込んでしまうのに。

「胸が…、胸が痛くて、たまらないんです。ほら……」

やんわりと摑んだ琳太郎の手を、璃綾は有無を言わせぬ強さで胸元に導いた。硬直した指先に襟を割らせ、紗の単《ひとえ》と長襦袢の隙間に滑り込ませる。

僅かに開いた襟。そこから覗く長襦袢は、重ねた単とは真逆の純白で、ほんのりと素肌が透ける。肌襦袢の類を付けていないのだ。

夏物の薄い紗、たった一枚を隔てた先に…この指先の向こうに、璃綾の肌が…。

ごくん、と喉を物欲しげに上下させ、琳太郎は蜻蛉《かげろう》の翅のような長襦袢の上から璃綾の胸をまさぐる。硬く筋肉質な胸板、その頂にある突起だけが驚くほど柔らかい。ついふにふにと揉《も》み込み、擦《こす》ってしまいたくなる。

「……ね？　壊れそうなくらい、脈打っているでしょう？」

「はっ…、はっ、はいっ…」

物憂げな囁きに、琳太郎はようやく今の状況を思い出し、がくがくと頷いた。

どうしよう。璃綾は琳太郎に突き飛ばされて具合を悪くしたのに、琳太郎が自分の胸に触れて興奮していると知られてしまったら。胸元に差し入れた指先に灯った熱が、全身をじわじわと蝕《むしば》みつつあると気付かれてしまったら。

「……琳太郎さんのせいですよ？　琳太郎さんが、私を拒んだりするから…」

琳太郎の危惧《きぐ》も知らずに身を乗り出し、胸元のもっと奥へ手を差し込ませる璃綾から、全力で逃げ出してしまいたい。これ以上布越しに触れ続ければ、もう、燃え上がりつつある身体をごまかせなくなる。

けれど、絡み付く手を振り払おうとするたびにさっきの光景がちらついて、結局は璃綾のなすがままだ。

「ねえ…、琳太郎さん。教えて下さい。どうして、私を受け容れて下さらないのか…」

「…そ、そんなこと…」

恥ずかしすぎて、言えるわけがない。

琳太郎はきつく目を瞑《つむ》り、ふるふると首を振るが、現実逃避は許されなかった。璃綾の懐ですっかり熱を帯びた指先が、さっき夢中で弄《いじ》りたくなったあの柔らかい頂に、くにっとめり込んでしまったから。

「あ、……っ！」

弾《はじ》かれたように引っ込めようとした手を、璃綾はがっちり捕らえて放してくれない。琳太郎の手首からすすっと手を滑らせ、これ以上触れるまいと必死に踏ん張っている手の甲を、容赦無い優しさで己の胸に押し付ける。

「教えて下さらなければ、私の胸の痛みは治りません。…琳太郎さんが教えてくれる気になるまで、ずっとこのままですよ？」

それでも、いいんですか？

囁きがどろりと蕩《とろ》け、耳の奥に侵入してきた瞬間、わけのわからない悔しさが膨らみ、爆発した。

……どうしてこの人は、琳太郎が必死に隠そうとする心を無邪気に暴こうとするのだろう。人の気も知らないで……！

「璃綾さんは…っ、俺だけが、可愛いんじゃないだろ……！」

「え……？」

目を丸くする璃綾は、二十歳も過ぎた義理の息子が、まさかこんな子どもっぽいことを言うとは思わなかったのだろう。琳太郎だって、自分で自分に呆れているのだ。けれど、今更やめたりは出来ない。

「父さんにだって、触らせてたくせに…い、一日じゅう、ずっと一緒に居たくせに……！」

吐露しながら、琳太郎は自己嫌悪に襲われる。

これは半分以上、八つ当たりだ。永遠に一緒に居るという約束を違えた『おかあさん』への怒りが、今になって噴き出してしまったのだ。いくら似ていても、璃綾は『おかあさん』とは別人なのに。

璃綾がどれほど寛大でも、今度こそ堪忍袋の緒が切れて、憤るに決まっている。

琳太郎の予想は、大きく外れた。

「……ああ…っ、琳太郎さん…琳太郎さん…！」

「ぐ、うっ――」

　ようやく腕が解放されたと思えば、今度は顔面を璃綾の胸に押し付けられ、ぎゅうっと抱きすくめられた。混乱して頭を振ると、髪になだめるような口付けの雨を降らされるが、それで落ち着けるわけがない。

「…りりょ…、さん…っ、何、を…」

「私の子…私の琳太郎さん。なんて…、貴方はなんて可愛いんでしょう。私の愛する子は貴方しか居ないのに、悋気《りんき》して下さったなんて…」

「う……、ふ……」

　息苦しさに喘《あえ》げば、鼻の奥まで璃綾の匂いに満たされる。濫とは対照的な、決して陽の差さない深淵の、冷えた水の匂い。青い空間で、琳太郎を常に包んでいた匂い。

「…ねえ…、琳太郎さん。信じて下さい。私にとって一番大切で可愛いのは、貴方です。亡き旦那様よりも、濫よりも…他の誰よりも、貴方が愛しい」

「…で…、も…」

　琳太郎が本当に一番だと言うのなら、どうして父と結婚したのか。宗司や村人たちにまで知れ渡るほど、睦み合ったのか。

　言葉だけではとうてい納得出来ず、いやいやをするように首を振っても、璃綾は呆れも怒りもしなかった。

　可愛くてたまらないとばかりにまた口付けの雨を降らせたところを見れば、むしろ、琳太郎が子どもっぽく拗ねたり駄々をこねたりするのが嬉しいらしい。

「なら……、私が誰ともしたことがないことを、してみますか？」

「誰、とも…？　父さんとも…？」

「ええ、勿論。この世で最も大切で、愛しい人としか出来ないことですから。琳太郎さんとするのが…初めて、ですよ…？」

　強調された初めてという言葉が、ささくれだった心にずぷりと突き刺さった。

　璃綾の夫であった亡き父ですら経験しなかった行為を、琳太郎が出来る。誘惑は衝動となり、僅かに残っていた理性を食い散らしていく。

「…した、い…」

　ぽたん……ぽたん……。

　どこからか聞こえてくる水音に促されるかのように、琳太郎は唇を動かした。黒紗の袂を、きゅっと握り締める。

「璃綾さんと、したい…」

「琳太郎さん…本当に？　心の底から、私としたいと願ってくれるのですか？」

「したい…、したいです…っ」

力強く断言するや、仰向《あおむ》かされた琳太郎の目前に、歓喜に輝く美貌が迫ってきた。

瞼を閉ざす間など、ありはしない。

喰《く》らい付くように唇を重ねられ、薄く開いていた隙間から濡れてむっちりとした舌が入り込む。

「んふぅぅ…っ、ん、ふ、うぅ、んっ」

琳太郎の舌を絡め取り、干からびるのではと心配になるくらい唾液を絞り取り、それでも満たされずに口蓋《こうがい》をなぞりながら喉奥へ這い進む、肉厚の舌。

ああ、やはりこれだったのだ。さっき、耳孔の奥を舐め回していたのは。

口蓋にずっぽりと嵌《は》め込まれた舌で、喉奥まで侵される。口付けと呼ぶにはいやらしすぎる、肉と粘膜の交わり。にちゅり、くちゅりと奏でられる粘っこい音が、脳に直接流し込まれる。

絡め取っている方か、絡め取られている方か。どちらが自分の舌なのかすらもわからない。

自分と相手の境界線が、ひどくあやふやになる。

これが、璃綾が今まで誰ともしたことの無い行為……？

「ふふ…、琳太郎さん。おねんねの時間には、まだ早すぎますよ…？」

にゅるうっと舌を引き抜いた璃綾が、半開きになった口の端を舐め上げた。琳太郎の両頬に添えられた手は冷たいままなのに、舌だけは別人のように熱い。

「こ…、れじゃ、ない…、の？」

「ええ。これはまだ序の口。…もっと奥の深いところで、溶け合い、絡み合わなければ…ね？」

今でさえ付いて行けていないのに、もっと奥まで入って来られたら、どうなってしまうのか。恐ろしさにぞくりと背筋がわなないても、嫌だと訴えることは出来ない。漆黒の深淵が、間近で瞬いているから。

…ぽたっ…、ぽた、ぽたん……。

だんだん間隔が狭まっていく不思議な水音は、きっと、この深淵から琳太郎の心にしたたり落ちる雫《しずく》だ。少しずつ琳太郎に注いで、満たして、溢れさせる。

理性、正気、判断力…およそ人間として必要な全てを。

「私の『初めて』を…、もらってくれるでしょう……？」

「…っ、うん、うん…欲しい…」

ちょうだい、とたどたどしく願ったとたん、ざざあっと、今までとは比べ物にならないほど大きな水音が響いた。

璃綾が閉ざしたはずの襖が、小さく揺れ、軋んでいる。廊下で嵐でも吹き荒れているのだろうか。

だが、襖を隔てたこちら側にはそよ風すら吹いておらず、松竹梅が彫刻された欄間から隙間風が吹き込んだりもしていない。丸窓の外の中庭も、真夏の陽光に照らされている。

「な、何…？」

琳太郎はびくっと顔を上げ、もっと現実とかけ離れたものを目撃した。怒りを募らせて襖の向こうを睨み据える、赤みがかった紫色の双眸だ。

「ろくに力も取り戻せていない愚者が、私の邪魔をするな…！」

忌々《いまいま》しそうに璃綾が吐き捨て、紫に染まった目を眇《すが》めると、遠くで誰かが苦しげに呻くのが聞こえた。それが濫の声だと気付いた時には、襖の軋みは収まり、応接間も平穏を取り戻している。璃綾の瞳の色を除いては。

「ごめんなさい、琳太郎さん。これでもう、邪魔は入りませんから」

「璃綾さん…、今のは…」

「大丈夫。身の程をわきまえない害獣が暴れたのを、追い払っただけです。琳太郎さんはただ、私だけを見ていればいい」

「で、でも璃綾さん、濫さんが…濫さんの声が、聞こえて…」

「琳太郎さん」

虹彩よりも濃い紫の瞳孔に捕らえられた瞬間、逆らうなと本能が鋭く警告した。もしも逆らえば、この身は引き裂かれ、喰らわれてしまうかもしれないと。

「私の『初めて』をもらってくれるとおっしゃったでしょう？　そんな時に、私以外の者を気にかけるなんて……いけない人」

「ごっ…、ご、ごめん…、なさい…」

「わかってくれれば良いのですよ。ああ、こんなに震えて…かわいそうに…」

素直に謝ると、璃綾の瞳は見慣れた漆黒に戻っていった。

ほっと緊張を解く琳太郎を、璃綾は優しく畳に押し倒し、おもむろにTシャツをめくり上げる。

「ひゃんっ…！　り、…璃綾さん、な、な…にを…っ…」

長い舌にねろりと膝から胸にかけてなぞり上げられ、そのぬめった熱い感触に、琳太郎は仰け反りそうになった。

舌の這った部分からじわじわと熱が皮膚の下まで浸食し、焼き蕩かし、熱い血潮と化して身体の中心へと流れていく。誰かとこんなことをするのは初めてだが、舐められただけで勃起《ぼっき》しかけるなんて明らかにおかしい。璃綾に両腕をやんわりと拘束されていなかったら、身をよじって逃げているところだ。

「琳太郎さんが震えているから、温めて差し上げているだけですよ。ああほら、また…」

「うっ…あっ、ああっ」

乳暈《にゅううん》と肌の境目、臍《へそ》の周り、なかなか肉がつかない脇腹。

今まで意識すらしなかったそこが熱の湧き出る泉なのだと、璃綾の舌先になぞられ、くにくにとつつかれるたび、琳太郎は思い知らされた。自分の意志とは関係無しに四肢が跳ね、がくがくと揺れる様は、確かに震えているようにも見えるのかもしれないが――。

「ちがっ…、俺、震えてなんか…あっ、あぁぁ」

「遠慮なんてなさらないで。琳太郎さんが心からくつろいで、私の『初めて』に集中出来るようになるまで、しっかりと温めて差し上げますから」

「ふぁ…、あ…、あっ…ん…！」

琳太郎の懸命の抗議も、璃綾には届かなかった。

いや、抗議だと思ってもらえたかどうかも怪しい。琳太郎の唇からひっきりなしに零《こぼ》れるのは甘ったるい喘ぎばかりで、まともな言葉などろくに紡げない有様だったのだから。

「…い…、やあ…っ、ん、あ、は…あんっ」

お気に入りの女性声優よりも艶《つや》めき、それでいてどこか甘ったれた子どものような嬌声《きょうせい》に、腹に顔を埋めた璃綾が笑う気配がする。

「はあ…っ…、琳太郎さん…、可愛い……」

熱い吐息が腹にかかった。重なった身体は相変わらずひんやりしているが、璃綾も興奮しているのだ。

どくっ、どくんと胸が高鳴り、蕩けた血が回るにつれ、全身の強張《こわば》りが少しずつ抜けていく。

いつしか琳太郎は璃綾の黒髪に指先を埋め、自ら腰をくねらせて、舐めて欲しい部分に璃綾を導くまでになっていた。

「ふ…っ、いい子…、琳太郎さんは、本当に賢い、いい子ですねえ…」

「ん、はあっ、あっ、璃綾…さん…あ、ああっ、ふぁああっ！」

背を浮かせ、Tシャツを脱がせるのに協力したら、ご褒美《ほうび》とばかりに今まで避けられていた乳首をちゅううっと吸い上げられた。

目の奥で見えない火花が散る。ジーンズの中の性器に一気に熱が流れ込み、膨張《ぼうちょう》し、爆発する。琳太郎には、もう止めようが無い。

「あっ……、あ、あー……」

下着の中で生温かい粘液がどろどろと広がっていくのが、琳太郎は信じられなかった。どんなに抜ける漫画やアニメをおかずに自慰をしたって、これほど早く達せたことは無かったのだ。性器に触れられず、乳首を吸われただけで極めてしまうなんて、女の子しかありえないと思っていたのに。

「琳太郎さん…、ああ、なんて可愛いんでしょう…」

羞恥《しゅうち》のあまり、畳に埋めようとしていた琳太郎の顔を、璃綾は仰向かせた。眦《まなじり》に滲んだ涙を舐め取り、頬にあやすような口付けをいくつも降らせる。

「ああ…、可愛い、可愛い。私の琳太郎さんは、どうしてこんなに可愛くてたまらないのですか？　食べたくなってしまうではありませんか」

「ん、んんっ、ふ、やあっ」

「可愛すぎる…、可愛くて、いい子すぎます。私の琳太郎さん…」

「あ、…はぁ…ぁあ…ん…！」

祖父母には甘やかされて育ったが、ここまで可愛い可愛いと連発された経験は無い。冴《さ》えない琳太郎をまるで王子様か何かのように愛でてくれるのは、璃綾と…『おかあさん』くらいだろう。

「ね…、琳太郎さん。琳太郎さんのもっと可愛いところを、見せてくれませんか…？」

頬を固定していた手が、双《ふた》つの胸の突起を揉み込み、琳太郎を喘がせてから、ジーンズに覆われた股間をさする。濡れた下着がぬちゅりと粘った水音をたてる。

「ここを…琳太郎さんが、私に見せて下さい」

「…や…、あ、そんなの…」

ろくに触れられもせず漏らしてしまった股間を、この人間離れした美貌の麗人に自ら晒せなんて、ひどすぎる。絶対にやりたくない。

なのに、琳太郎の手は意志を裏切って勝手に動き、ジーンズのフロントボタンを外し、ジッパーを下ろしてしまうのだ。露わになったグレーのボクサーブリーフには、恥ずかしい染みがごまかしようも無くはっきりと滲んでいる。

「うぅ…、ふ、ううっ…」

ふわりと独特の匂いが漂い、琳太郎は懇願をこめて璃綾を見詰めた。もう、これで勘弁してくれないかと。

けれど璃綾は、いつもの優しさなどどこかへ置き忘れてしまったかのように、駄目、と囁くのだ。

「おもらしの染みを作って泣いている琳太郎さんも、勿論とても可愛らしいですが…琳太郎さんの可愛さは、こんなものではないでしょう？」

「ふ…っ、うぅ…」

涙目のままじっと動かずにいると、璃綾は小さく溜息《ためいき》をつき、琳太郎に跨《また》がる格好で上体を起こした。

呆れられたのか、もう見放されてしまったのだろうか。

不安に怯《おび》える琳太郎の眼差しを浴びながら、璃綾は平打ちの帯締めと紗の帯揚げを手早く解き、畳に落とした。

御太鼓に結ばれていた帯は支えを失って垂れ下がり、翅のように璃綾を彩る。衣擦《きぬず》れすら艶美な漆黒の蝶に心を鷲掴《わしづか》みにされれば、羞恥などどこかへ吹き飛んでしまう。

「私も一緒に脱ぎますから。……二人でなら、恥ずかしくないでしょう？」

「…う…、ん……」

琳太郎が夢見心地で首を上下させれば、璃綾はすっと立ち上がり、腰に巻き付く帯を取り去った。腰紐《こしひも》も解いてしまえば、紗の着物は璃綾の長身に羽織られているだけの状態になり、白い長襦袢が現れる。

亡き夫に対する貞淑さを主張しようとでもいうのだろうか。死人でも震い付きたくなる色香を、むんむんと放っているくせに。

そこで動きを止めた璃綾に見詰められ、琳太郎はもたもたとジーンズに手をかけた。

自分が脱がなければ、璃綾もこれ以上は脱いでくれない。紗にかすんだ璃綾の素肌を拝みたい。父に操立《みさおだ》てた喪の色など、剝ぎ取ってやりたい。

突き上げてくる衝動のまま、下着ごとジーンズを思い切り良く脱ぎ去り、畳に放り捨てれば、璃綾はほうっと感嘆の息を漏らす。

「琳太郎さん…、可愛い……」

「う…っ、ああん…！」

抵抗する間も与えられずに脚を押し開かれ、脆いて割り込んできた璃綾に、息がかかるほど近くからまじまじと眺められる。いや、眼差しで愛でられているのだ。漏らした精液に濡れた淡い茂みを。その真ん中で項垂《うなだ》れた性器を。

「ああ…、こんなに立派になって…」

「は、あ…っ、…ん、んっ……」

「成長しても、清楚《せいそ》な愛らしさはそのまま…いえ、もっと可愛らしくなりましたね。まるで熟れた桃のよう…」

うっとりと息を吐き出すのはやめて欲しかった。璃綾のなまめかしい吐息や、ほつれた後れ毛にくすぐられるだけで、達したばかりの性器はびくんびくんと震え、また熱を帯びてしまうのだ。

経験が皆無だとまるわかりのピンク色で、ごく淡くしか毛も生えなかったそこは琳太郎の密かなコンプレックスなのに、手放しで称賛されるのも居たたまれない。

「…ね…、璃綾さ、ん…っ…！」

璃綾の言う通りにしたのだから、今度は琳太郎の望みを叶えて欲しい。

願いをこめて黒髪に埋めようとした指先は、爪先と同時に跳ね、宙を掻いた。性器の先端が、真綿のように柔らかく、それでいて弾力のあるものに包まれたせいで。

「…あ、ああ、…あ…」

己の性器の先端が、ぬにゅりぬにゅりと璃綾の唇の奥へ咥《くわ》え込まれていく。

淫《みだ》ら極まりない光景を目の当たりに出来たのは、璃綾が琳太郎の両脚を担ぎ上げたおかげだった。

浮かび上がった下肢はがっちりと押さえ込まれ、脚をばたつかせても、性器は解放されない。璃綾の喉奥へ沈む速度が上がるだけだ。あたかも、しゃぶられたがっているのは琳太郎の方であるかのように。

「やっ……あ、ああ、は、あっ」

根元まで口内に迎え入れられるや、さっきさんざん翻弄《ほんろう》された舌が肉茎に絡み付き、すぼめられた頬肉がやわやわと絞り上げる。ぐじゅり、という濡れた音は、貞節を守った喪服には相応しくない濫《みだ》りがわしさだが、今の璃綾には恐ろしいほど似つかわしい。

……あの貞淑な喪服の中に、こんなに淫らな璃綾が隠れていたなんて……。

萎《な》えていた性器は高鳴る心臓に合わせて脈打ち、璃綾の口内であっという間に熱を孕《はら》んでいく。すると璃綾はその変化を喜ぶかのように喉を鳴らし、頭を上下させ、いっそう激しい愛撫を肉茎に与えるのだ。

「ん、ふぅ、あ…っあ、あっ、はあっ」

肉茎を時にきつく絞り、時に緩く絡んで甘やかし、絶妙に琳太郎の快感を煽《あお》るむっちりとした感触は、璃綾の舌だろうか。肉茎の根元から先端まで隙間無く締め上げるなんて、少し長すぎるのではないか？

ささやかな疑問は、じゅっと先端を強く吸われた瞬間、今まで味わったことの無い悦楽と共に溶け去った。

「あ…っ、は、あああ……！」

溢れ出した欲情の証《あかし》は、二度目だけあってかなり少なく、璃綾は萎えた肉茎ごとじっくりと口内で味わっている。くちゅくちゅという水音と、肉茎に絡んで離れない舌の感触がそう教えてくれた。

残された最後の一滴まで絞り取ろうと舌がうごめくたび、放出したばかりの熱がまた身体を駆け巡り、琳太郎を惑乱させる。

エロネタは大好きだが、性欲自体は薄く、一人で慰める時はたいてい一度達せば満足していた。二度立て続けに極めた挙句、三度目なんて、未知の領域だ。

「…ハ、ァ……琳太郎さん。とても、美味しかった……」

——男の精気を吸う魔物。

萎えた性器にうっとりと頰擦りをする璃綾に、村人たちの言葉を思い出す。

なんてひどいことを言うのかと聞いた時は憤ったが、的を射ていたのかもしれない。切れ長の目をとろりと蕩かして、濡れた唇で甘くさえずられれば、限界を超えてでも絞り取らせてやりたくなるに違いない。今の琳太郎のように。

……亡き父も、そうだったのだろうか？

ふっと芽生えた疑問はたちまち成長し、琳太郎の胸に巣食った。

父と璃綾は夫婦だったのだ。朝から晩まで部屋にこもって乳繰り合っていたと、宗司も言っていた。使用人が父について語りたがらなかったのも、そのせいだろう。

「う…、うっ、ふぅ…」

涙が溢れるのは、父が魔物に命を奪われたから？

いや、違う。悔しいのだ。璃綾が琳太郎だけでなく、父の精も吸っていたことが。

……『初めて』をくれると言ったくせに。誰ともしたことが無いと言ったくせに！

「…っ、琳太郎さん…？　どうなさったのですか？　まさか、どこか痛むのですか？」

璃綾は艶めいた表情を引っ込め、慌てて琳太郎の顔を覗き込んでくるが、心配そうにされればされるほど妬心は膨らんでしまうのだ。琳太郎は璃綾の視線から逃れるように、頬を畳に引っ付ける。

「璃綾…さん…、父さんとも…、……したくせに」

それでもそんなあてつけがましい言葉がぽろりと零れるのは、結局、甘えているからなのだろう。『おかあさん』と同じ顔をした、父の妻だった璃綾に。甘ったれた自分が嫌でたまらないのに、悔し涙は止まってくれない。

「あ……あぁ、琳……、私の、可愛い子……！」

呆れられて当然だと思っていたら、歓喜に濡れた声と共に、琳太郎はぐいっと上体を起こされ、抱きすくめられていた。

「嫉妬して、心配して下さったのですね。私が貴方以外の男に穢されていないか…。貴方は本当に優しい子だから…」

「ち…、ちがっ…」

「安心して下さい。私はずっと、貴方だけです。他の誰にもこの心を揺らしたことも無ければ、この身体を自由にさせたこともありません」

好き合っていないのなら、どうして前夫や琳太郎の父と結婚したのか。彼らを差し置いて、昨日会ったばかりの継子《ままこ》に何故そこまで入れ込めるのか。使用人や宗司にまで知れ渡るほど睦み合っていて、身体に一切触れていないなど、ありうるのか。

「だから……ね？　確かめて下さい。私がどれほど琳太郎さんを想い、求めているか…」

生じた疑問は、璃綾が琳太郎を解放して立ち上がり、床の間の横にある襖を開いたとたん、どこかへ飛んで行ってしまった。

応接間の半分ほどの広さの和室には、大人が三人は楽に寝転べそうな布団が敷かれていたのだ。

璃綾は羽織っていた着物をするりと肩から落とし、めくった布団の上に仰向けで横たわった。左脚をすっと曲げて立てると、薄紗の裾がはだけ、隠されていたふくらはぎや、太股の輪郭がさらけ出される。

女性的な柔らかさとは無縁の筋肉質な長い脚は、間違い無く男のものなのに、心臓は高鳴る。目が離せない。

「さあ……おいでなさい」

「…り…っ…、りょう…、さん……！」

流し目の誘惑に、勝てるわけがなかった。

琳太郎は跳びかかる勢いで璃綾に覆い被さり、もどかしい思いで腰紐と伊達《だて》締めを解いていった。嬉しげに細められた切れ長の目にも、背後で勝手に閉まる襖にも気付かなかった。璃綾以外の何も、見えなくなってしまっている。

祖母が日常から着物で過ごす人だったおかげで、さほど苦労せずに腰紐も伊達締めも解くことが出来た。

ようやく拝めた璃綾の素裸に、琳太郎は溜息を漏らす。

「…ああ……」

着やせするたちなのだろう。均整の取れた肉体は芸術品のようで、いつまでも眺めていたくなる。

その胸の頂で双つの突起が存在を主張していなければ――股間に雄が猛々《たけだけ》しくそびえていなければ、真珠のなめらかさと光沢を併《あわ》せ持つ肌で構成された裸身は、作り物に見えていたかもしれない。

「眺めてばかりいないで。触れて下さい、琳太郎さん」

「ひ、…あ、熱い…っ」

熟れた先端に導かれ、あまりの熱さに手を引っ込めそうになるが、璃綾は許してくれなかった。琳太郎の手に己のそれを重ね、ずっしりとした先端からくびれ、太い肉茎へと、ゆっくりと移動させていく。ぬるぬると滑る感触は、先端から透明な先走りが絶え間無く零れ出ているせいだ。

「そう…、熱いでしょう？　琳太郎さんと触れ合っているからですよ」

「俺の…、せい？」

「ええ。今まで、琳太郎さん以外の誰かに対して、こんなふうになったことはありませんから。……勿論、旦那様にも」

どっくん、と脈打ったのは璃綾の肉茎か、それとも琳太郎の心臓だったのか。

他の誰も、妖艶《ようえん》な外見を裏切る凶器のようなここを拝んだことは無い。

前の夫でも父でもなく、琳太郎だけが触れている。ひんやりした肌からは想像もつかない、火傷《やけど》しそうなほどの熱に――。

「ハァッ……、琳太郎…さん…」

くびれのあたりを少し強めに握ったら、璃綾の唇は低く艶めいた嬌声を零した。

快感で僅かに寄せられた柳眉、濡れた瞳、しっとりと汗ばんだ肌。全てに煽られる。

「璃綾さん…、璃綾、さん……」

琳太郎は荒い呼吸を継ぎながら、両手を使い、反り返った雄を無我夢中で扱《しご》き始めた。

己を慰める時の動きをなぞるが、璃綾を満足させられる自信は無い。何せ璃綾の雄ときたら、長さも太さも逞しさも琳太郎とはかけ離れているのだ。特に長さは、大柄な女性のそこでも飲み込みきれないのではないかと心配になるくらいである。まるで蛇だ。

この長大なものが黒紗の着物の中に隠れていたのだと思うと、ぞくぞくする背筋に引きずられ、腰が勝手に揺れてしまう。

正式な着付けでは、下半身にショーツをつけず、直接腰巻をつけるものだと祖母から聞いた覚えがある。璃綾は下帯もパンツの類もつけず、長襦袢の下は素裸だった。きっと、今日に限らず、いつもそうなのだろう。

黒で操立てするほど貞淑な璃綾が、父の葬儀の際にも、ノーパンで過ごしていた。その事実に、たまらなく欲望を煽られる。

「…ッ…、琳太郎、さん…」

「ん…あっ、あっ、ああっ！」

先端のくびれを輪にした指できゅっと締め上げてやった瞬間、琳太郎の視界は白く染められた。

顔面に勢い良く叩き付けられた熱い粘液が、頬をゆっくりと伝い落ちていく。

そのどろりとした感触で、琳太郎はようやく理解した。限界を知らぬかのように怒張し続けていた雄が弾け、顔面で受け止めさせられたのだと。

「は、ああ、あ…あ……」

嫌悪は無かった。あるのは拙《つたな》い手技で璃綾を絶頂へ導けた満足感と、誰にも許されなかった璃綾の精液を浴びられたことに対する愉悦だけだ。

父でさえ味わえなかったのだと思うと、唇の端に伝い落ちてきたそれを、ぺろりとつい舐め取ってしまう。

「…おい、しい…」

ただ、思ったままを口にしただけだった。なのに、グウッと獲物を見付けた獣のような呻きが聞こえたかと思うや、視界がぐるりと回転する。

「ふふ…っ、もう、琳太郎さんったら……」

「ひゃんっ…──」

まばたき一つの間に体勢を入れ替えられ、大きく開かされた脚の間──慎ましく閉ざされた蕾《つぼみ》にぬるりと舌を這わされて、琳太郎はわなないた。排泄《はいせつ》にしか使わないはずのそこを丹念になぞられ、嫌悪感にきゅっとすぼめるが、舌は頑是無い子どもをあやすように這い回る。

「可愛いのに、いけない子…もっとじっくり解してあげようと思っていたのに、私をこんなに惑わせて……」

「や…っ、ああっ、あっ…！」

艶を帯びた囁きに、ほんの少しだけ力が抜けた隙を、見逃してはもらえなかった。にゅるり、と舌の細い先端が蕾にめり込む。琳太郎がいきむように力を入れても、濡れたすべらかな肉の塊は難無く中へと這い進んでくる。

「うあ、あっ、あ、や…」

にちゅり、ぐちゅり……。

頭に直接届けられる、粘膜同士が擦れ合うぬめった音は、だんだん大きく鮮明になっていく。

いや、近付いているのだ。璃綾の舌が、腹の浅い部分から深いところへと、ぐにぐにとうねりながら容赦無く進んでくるのに合わせて。

いくらなんでも、おかしい。人間の舌がこんなに奥まで入り込めるはずはないし、生き物めいた動きをするのも不可能だ。

「…ぁ…っ、あん、あん、あぁぁ…っ！」

脳裏に過《よ》ぎった疑問も、腹の内側をいい子いい子と舐めまくられれば、すぐさま霧散してしまう。

身体じゅうを巡る血が、熱いマグマに入れ替えられてしまったかのようだった。

腹の中を侵され、唾液でぐちょぐちょに濡らされ、掻き混ぜられるなんて普通は気持ち悪いはずなのに、今の琳太郎には快感しかもたらさない。すっかり強張りが抜け、緩んだそこに、もっと太くて熱いものを嵌めて欲しいと願うほどだ。

そうだ、欲しい……こんなんじゃ足りない。腹が裂けてもいいから、もっと璃綾に満たされたい。

「ふ……っ、ここ、寂しそうに泣いていますね……」

浅ましい欲求を看破したように、璃綾が琳太郎の臍の上を軽く押さえた。同時に、肉を隔てた腹の内側も尖《とが》らせた舌先でぐっと突き上げられ、目もくらみそうな強い快感が身体を突き抜ける。

「あ、あぁぁー…っ！」

射精したのかと思ったが、ぼやける視界に映る性器は緩く勃《た》っているだけで、どこにも精液は飛び散っていない。それに、射精すれば治まるはずの欲望の炎も、いっそう勢いを増して燃え盛っている。

「ねえ、琳太郎さん…ここ、もっと満たされたいでしょう……？」

「んっ、…んっ！」

優しく腹を撫でられ、琳太郎はこくこくと頷いた。

燃え盛る快感は強くなる一方だが、性器は相変わらず半勃ちのままで、欲望を発散出来そうにない。全身を焼き尽くさんばかりのこの熱から逃れるには、璃綾に助けてもらうしかないのだ。

「……では、その可愛らしいお口できちんとおっしゃって下さい。私が欲しい、私を受け容れる…と」

少し低くなった声音に、心臓が警告を発するかのように高鳴った。ここで璃綾に従ってしまえば、後戻りの出来ないところまで引きずり込まれてしまいそうだった。

けれど、そんな警告も、身の内の炎にあっさりと燃やされてしまう。

「…璃綾さん…が、欲しい……」

深淵にも似た、璃綾の漆黒の双眸。あの瞳に引きずり込まれるのなら、構わない。きっとその奥には、青い光の揺らめく空間が広がっている気がするから。

「…俺は、璃綾さんが欲しい……、璃綾さんを、受け容れたい……！」

「あぁ…っ…、琳太郎さん…、琳……！」

歓喜に染まった声と共に、腹を満たしていた舌がずぞぞぞっと一気に引き抜かれた。強い排泄感に微かな嫌悪と、それを遥《はる》かに上回る快楽を味わわされ、琳太郎は布団の海をのたうちまわる。

「うああ、ああ、あ、あっ、は、ああ…っ…」

緩んだ蕾からこぷこぷと溢れ出る大量の唾液が、太股の内側や尻のあわいなど、敏感な皮膚を焼いていく。

内から外からもたらされる熱に、苦しめられたのは僅かな間だけ。すぐにまた脚を割り開かれ、蕩けきった蕾に重量感のある熱杭《ねっくい》が押し当てられる。

「…や、あ…、ま、待って…」

逞しさを取り戻した璃綾の雄は、さっき口で慰めた時よりもより大きく、太く見えて、正気など失せた琳太郎でさえ怖気《おじけ》づいてしまう。けれど懇願は受け入れられず、璃綾の先端は蕾を割り、押し入ってくる。

「あー…っ、あ、ああ、あ――……！」

舌を引き抜かれた時とは真逆で、一気に腹の中をいっぱいにされる。

舌とは比べ物にならない質量と熱にもがく琳太郎を押さえ付け、璃綾はじりじりと腰を進める。さすがにここまでだろうと思ったら、更に奥へ。もうこれ以上はやめてくれないかと期待したら、いっそう深くへ。

欲望だけに忠実に、璃綾は琳太郎を串刺しにしていく。

「…全部、入りましたよ…」

璃綾が深く息を吐きながら体重をかけてきた時には、下肢の感覚はほとんど無くなっていた。ただ、璃綾と繋がされた部分と腹の奥だけが異様に熱くて、ふわふわと宙にでも浮かんでいるような心地である。

あんなに大きなものを銜《くわ》えさせられたにもかかわらず、痛みはまるで無い。前もってたっぷり濡らされていた腹の内側が、歓喜にさざめきながら璃綾に喰らい付いていくおかげだろうか。

別々の人間のものとは思えないくらい、璃綾の雄と琳太郎の媚肉《びにく》はよく馴染《なじ》んで混じり合う。このまま一つに溶け合ってしまいそうだ。

「ありがとう、琳太郎さん。私の『初めて』を受け取って下さって……私を、受け容れて下さって……」

「…ああっ…、ん、璃綾さ…ん…」

ぴったりと、少しの隙間も無く上体を重ね合わされると、琳太郎はごく自然に両脚を璃綾の腰に絡めた。

結合はいっそう深まり、璃綾の感じ入った吐息が項をくすぐる。ささいな感覚さえ、過敏になった肌は快感へ変化させる。

「可愛い琳太郎さん…貴方だけです。私がこんなことをしたいと思うのは、貴方だけ…」

びく、びくっと小刻みに痙攣《けいれん》する背中を抱き締め、璃綾は緩やかに腰を使い始めた。

長い肉の刀身は、半ばほどまで抜き出されてもなお残る部分が琳太郎の尻の奥に居座って、濡れた粘膜をごりりと擦り上げる。何も知らなかった初心《うぶ》な内部を、涎《よだれ》を垂らして雄にむしゃぶりつく二つ目の性器へ変貌させてゆく。

決して解けない結合は、いつか本で読んだ、互いの尾を食《は》み合う二匹の蛇を思い起こさせた。繋がって一つの輪になって、離れない。

こんなふうに結びついていれば、『おかあさん』とも離れずに済んだのかもしれない。

「愛しい、私の子……受け止めて下さい。私の、全てを…っ…」

「ああ…っ、あ、り…りょ、さ…ん…っ！」

また根元まで入り込んできた雄が、腹の奥底に大量の精液をぶちまける。

射精を伴わない絶頂へ押し上げられ、真っ白に塗り潰されていく意識に、あの青い光の揺れる空間が広がった。

「……おかあ、さ……ん……」

腕の中で眠る愛《いと》し子をじっと眺めていたら、ふっくらとした唇から応えるような寝言が漏《も》れ、璃綾《りりょう》は溢《あふ》れ出る愛しさと幸福に微笑《ほほえ》んだ。

「琳《りん》…私の、可愛《かわい》い子…」

しゅるり、と琳太郎《りんたろう》の首筋目がけて伸びかけた舌を、璃綾は慌てて口内に戻した。人間の犬歯と言い張るにはかなり厳しい尖《とが》った牙も引っ込め、赤みがかった紫に変化しているだろう瞳も黒に染め直す。

いけない、いけない。璃綾を受け容《い》れてくれても、琳太郎は全てを思い出したわけではないのだ。

まだ人間のふりを続けなければならないとわかっていても、十五年ぶりに琳太郎と再会を果たし、まんまと身体《からだ》まで手に入れられた歓《よろこ》びはあまりに強すぎて、時折、どうしても抑えきれなくなる。

——黒き竜、深淵《しんえん》の水を司る神としての荒ぶる本性を。

五百年ほど前、璃綾は強大な妖力を誇る黒き蛇の大妖であった。大の男が数人がかりでも抱えきれぬほど太く、山をぐるりとゆうに一周出来る胴は鋼鉄にも勝る黒曜の鱗《うろこ》に覆われ、人の武器では傷一つ負わせられない強靭《きょうじん》さを誇った。

ゆえに、璃綾にとって人間とは塵芥《ちりあくた》にも等しかったのだ。ただ、数だけは多く、減らしても減らしてもいつの間にか繁殖して増え、璃綾を邪悪な妖怪呼ばわりした挙句退治せんと襲いかかってくるので、非常に鬱陶しい存在でもあった。

皮肉にも、襲ってきた人間たちを撃退し、その魂を喰《く》らうことで、璃綾はますます妖力を高めていった。

璃綾の気まぐれで数え切れぬほどの街や村が破壊され、数多《あまた》の魂が喰らわれた。これ以上の犠牲を出すものかと、何人もの高名な修験者や陰陽師《おんみょうじ》、果ては犬神使いまでもが挑んできたが、皆、璃綾の糧になって終わりだった。

ますます力をつけた大妖に手を出そうとする者は居なくなり、璃綾は気付けば生まれてより千年以上の月日を重ねていた。

蛇は千年生きれば蛟《みずち》、すなわち水の神たる竜に変化すると言われているが、璃綾にはなかなかその瞬間が訪れず、苛立《いらだ》つ日々だった。より強い力を求め、頂点を目指そうとするのは人ならざるモノの本能のようなものなのだ。

苛立ちのまま暴れ狂い、いくつもの村を破壊し、水の底に沈め、魂を喰らう。

暴虐の限りを尽くしていたある日、ふと、山奥の小さな村が目についた。淵上《ふちがみ》村と呼ばれるその村は、どこにでもある鄙《ひな》びた農村だったが、村人たちは揃《そろ》って清らかな魂を持ち、村にも清浄な空気が満ちていたのだ。

その原因は、村の奥に流れ落ちる雄大な瀑布《ばくふ》だった。

豊かな水で村の田畑を潤すことで村人たちから神聖視されるその滝は、正しく神の坐《いま》す場所——神域だ。清流を司る白き神、竜神が住まい、その加護を村人たちに惜しみ無く与えている。村人たちは竜神の恩恵に感謝の心を忘れず、祈りや供物《くもつ》を捧《ささ》げる。

神と人の、在るべき姿。璃綾には、それが気に障ってたまらなかった。神も、それを信じる人間も、村ごと濁流に飲み込ませてやりたくなるくらいに。

だが、迷わず実行しようとした璃綾の前に、白き竜神が村を守るべく立ちはだかった。

璃綾の呼んだ雨雲を竜神の雷が切り裂き、竜神の爪を璃綾の牙が喰いちぎり——周囲に天災をまき散らしながらの争いを制したのは、白き竜神だった。

数多の魂を喰らい、神にも等しい妖力を得たとしても、妖は妖。神には決して及ばないのだと思い知らされた。

屈辱に震える璃綾を、竜神は己の神域と地下水脈で繋《つな》がる沼に封印した。本当は滅してしまいたかったのだろうが、竜神も璃綾との戦いで深手を負い、消滅寸前に追い込まれていたのだ。

封印後、村の中でも特に澄んだ魂の主に後を託し、神域の滝にこもったのは、満身創痍《まんしんそうい》の身体を癒《いや》し、再生させるためである。

神は不死だが、通力を使いすぎれば、肉体の再生には相応の時間がかかる。無事、再生が叶《かな》っても、枯渇した通力を元通りにするには良質の贄《にえ》を得なければならない。

この封印さえ破れたら、弱り切った竜神を今度こそ喰らってやれるのに、竜神が最後の力で施した妖封じは強力で、璃綾の力ではひび一つ入れることも出来なかった。

大蛇の封じられた沼を村人たちは菖蒲《あやめ》沼と呼び、忌《い》み沼として誰一人近付かないようになった。菖蒲は古来、蕾《つぼみ》をつけて伸びる姿が蛇に似ていることから、蛇を表す隠語でもある。

真っ暗な深淵に閉じ込められ、たった一人、己以外の全てを呪《のろ》い続けて…神でも人でも妖でもない何かに変貌しそうになった頃、深淵の静謐《せいひつ》を大きな水音が破った。何かが沼に落ちたのだ。

——助けて、助けて。どうか、この子を助けて。

わざわざ水面まで浮かび上がり、様子を窺《うかが》いに行ったのは、水が強い思念を璃綾の元まで届けたからだ。

璃綾の妖力が染み込んだ沼の水は、あらゆるものを溶かしてしまう。今までも迷い込んできた動物や村人が誤って転落したことは何度かあったが、放っておけば皆、骨まで残さず沼に溶けて消えていった。

——私はどうなってもいい。この子だけは生かして。

大妖たる璃綾の興味を引くほど強く、悲鳴にも似た思念を放つのは、一体どんな人間なのか確かめてやろう。璃綾にしてみれば、ほんの気まぐれを起こしたに過ぎなかった。

だが、その気まぐれこそが、璃綾の運命を激変させた。

濁った水に沈んできたのは、幼い男児をひしと胸に抱いた女だった。良く似た顔立ちだから、おそらく母子であろう。

思念の主である母親の方は水の冷たさに耐え切れなかったか、既に息絶えていた。それでもなお我が子を救おうと、魂をすり減らし、叫び続けていた。

――誰でもいい。この子を…琳太郎を、助けて……！

母親の執念の賜物か、その胸に守られた男児にはまだ微《かす》かに息があった。水に落ちた衝撃で気を失っているだけだ。だが、このまま沼に沈んでいけば、数分ももたずに母の後を追うことになるだろう。

水にたゆたうもみじの手が、助けを求めるかのように揺れた瞬間、璃綾は破壊以外に使ったことの無い妖力で母子を包み込んでいた。

母親の遺骸は腐食せぬよう保護して水面へ浮かべ、男児だけを深淵へ引きずり込んだ。

璃綾が傍《そば》に居れば、人間でも地上と変わらず呼吸が叶う。

濡《ぬ》れた衣服を妖力で乾かしてやり、人の姿を取って少し離れたところから眺めていると、男児はしばらくして息を吹き返し、璃綾を見た。零《こぼ》れそうに大きく、無垢《むく》なあどけない黒い目で。

『…おかあ、さん…おかあさん、おかあさん……』

涙の滲《にじ》んだ呼び声が、璃綾の胸を疼《うず》かせた。

男児が声の嗄《か》れるまで呼び続けても、応えてくれる母親はもうどこにも居ない。それすらも、幼すぎる子どもにはわからないのだろう。ひょっとしたら、水に落ちたこと自体、理解出来ていないのかもしれない。

『……、琳太郎？』

ずきずきと疼く胸が潰《つぶ》れてしまいそうで、大きな目から涙を流させたくなくて、璃綾は母親の思念から読み取った名前でそっと呼びかけてみた。千年以上生きてきて、人の名を呼ぶのは、初めてのことだった。

『…っ…！　おかあさん……！』

今にも泣きそうだった男児…琳太郎は、ぱっと破顔し、璃綾にしがみついてきた。

人間は脆弱《ぜいじゃく》な塵芥の如《ごと》き存在で、そのくせ時に徒党を組んで璃綾を襲おうとする、どうしようもない生き物だ。触れたいなどと思ったことは一度も無いし、人間の方とて、災禍の化身たる大蛇に遭遇すれば、悲鳴を上げて逃げ惑うのが常だった。

なのに――決して放すまいと璃綾の脚にしがみつく幼子を、璃綾は無情に蹴《け》り飛ばすどころか、両脇に手を差し込んで抱き上げてしまった。あまつさえ、落ちぬようしっかりと支えてやったのだ。全ては、無意識のままに。

縦に裂けた瞳孔に、赤みがかった紫の虹彩。大蛇の本性が顕現した双眸《そうぼう》と正面から向き合っても、琳太郎の笑顔は崩れなかった。水面で頼りなく揺れていたもみじの手で、璃綾の首筋にぎゅっと縋《すが》り付き、肩口に鼻先を埋めてきた。

『おかあさん…っ、良かった…どっか、行っちゃったと思った…』

笑顔とは裏腹の、必死さの滲む幼い声音に、璃綾は琳太郎とその母親の身に何が起きたのか、薄々察することが出来た。

おそらく二人は淵上村の住人で、何かに追い詰められた末、沼に落ちたのだろう。村じゅうから忌避される菖蒲沼まで逃げて来るくらいだから、犯罪に巻き込まれ、突き落とされた可能性もある。

『もう、どこも行かないで…ずっと、琳と一緒に居て…』

心身に強すぎる負荷がかかった時、人間は現実の出来事を忘れ、都合良く改ざんして心の均衡を保とうとすることを、璃綾は知っていた。

琳太郎が初対面の、人間ですらない璃綾を母と呼ぶのは、沼に落ちるまでによほど恐ろしい思いをしたせいだ。愛する母親の喪失を受け入れたくないがあまりに、璃綾に縋っているに過ぎない。

けれど——。

『……大丈夫。私は、どこにも行きませんよ』

正確には、行かないのではなく行けないのだが…と苦笑しながら、璃綾は小さな背中を撫《な》でた。人間、それも子どもを撫でるなど初めてなので内心おっかなびっくりだが、幸いにも力加減は間違っていなかったようで、琳太郎は心地好《ここちよ》さそうに身体を揺らす。

『本当に……？』

『ええ…本当です。貴方《あなた》と、ずっとここに居ます』

『おかあさんっ…！　大好き…おかあさん…！』

長い間水底に封じられ、冷え切った璃綾の肌を、幼子の高い体温がじわじわと温め、強張《こわば》りを解《ほぐ》していく。

温《ぬく》もりが胸の奥まで到達した時、凍り付いていた心にひびが入り、ぱりんっと砕ける音を、璃綾は確かに聞いた。温もりは剝《む》き出しになった無防備な心に染み渡り、包み込み、温める。

胸が熱い。心が苦しくて、でも心地好くもあって、わけもなく叫び出したくなる。

一体、自分はどうなってしまったのだろう。

このいとけない子どもをここまで追い詰めた者が憎い。この腕の中で、琳太郎を全ての脅威から守りたい。いつでも幸福そうに笑っていて欲しい。どんなことをしてでも、生かしてやりたい。次から次へと、想《おも》いが溢れ出て止まらない。

ただの好奇心から深淵に引きずり込んだだけの琳太郎を、手放すなどもう考えられなくなっている。離れ離れになると想像しただけで、心が悲鳴を上げる。まるで、琳太郎という幼子が、璃綾の中に混ざり込んでしまったかのように。

もしやこれが、人が愛情と呼ぶものなのだろうか。

唾棄すべき人間と同じものが自分の中に存在していたなんて、認めたくはなかった。けれど、否定しようとすればするほど、芽生えたばかりの情は心に根を張り、急速に成長していくのだ。可愛い愛しい愛くるしい、欲しい食べたい食べてしまいたい——守りたい。たとえ、己の命と引き換えにしてでも、琳太郎を。

『……っ？　こ、れは……』

きつく琳太郎を抱き込んだ瞬間、常に圧しかかっていた竜神の通力が…今まで何をしても解除出来なかった不可視の封印の鎖が、泡沫《ほうまつ》のように消えていくのを感じた。

深淵を深淵たらしめていた闇は去り、代わりに深い青が沼底を染め上げる。透明度がぐんと増した水面から透過した陽光は、青い光となって降り注ぎ、璃綾に大きな変化をもたらした。

『あ…、あっ、あああっ……！』

意志とは関係無く、変容が始まったのだ。みしみしと軋《きし》みを上げながら、人間を象《かたど》った輪郭が崩れていく。妖力を使い果たしたわけでもないのに、身体が何故《なぜ》か勝手に本性たる大蛇の姿に戻ろうとしている。

璃綾の蛇身はいかなる攻撃をもはね返すが、手足を持たない。両の腕が無ければ、琳太郎を沼底に落としてしまう。

……手を、脚を！　琳太郎を抱き締め、守り、囲ってやれる力を！

強く強く念じるのと、青い光が治まるのはほぼ同時だった。

璃綾は生まれて初めての驚愕《きょうがく》と共に、目の前に持ち上げる。大蛇には決して無いはずの手を…否、前脚を。鋭利な爪を生やした五本の指の中で、ころんと横たわる幼子を。

『まさか……！』

璃綾は青く染まった水に陽光を集め、即席の巨大な鏡を造り上げた。

そこに映し出されたのは、人々に忌避され、恐れられた大妖、黒き大蛇ではない。四本の脚と二本の角を持ち、長い髭《ひげ》をたなびかせた、禍々《まがまが》しくも神々しい漆黒の竜だ。かつて璃綾を封印した憎き竜神の対のような。

『神に……竜になったというのか…この私が……』

その資格ならば、確かに得ていた。竜神と激戦を繰り広げる間、自分も竜に昇格さえ出来れば忌々しい竜神を黄泉《よみ》に沈めてやれるのにと何度も願ったが、結局、叶わなかった。

それが何故、今更になって？

『…う…、おか…さ、ん…』

疑問の答えは、琳太郎がくれた。変容する璃綾から漏れだす力に耐え兼ねてか、琳太郎は意識を失い、ぐったりと身を投げ出していた。

竜の巨大な前脚にちんまりと収まる、あまりにも小さな子ども。璃綾がほんの少し力を込めただけでも、引き裂かれてしまうだろう脆《もろ》い肉体。

妖では、喰らうことしか出来ない。けれど神なら、傍に置き、いつまでも愛《め》でていられる。神とは、人を守るものだから。

神となった今だからこそわかる。あの竜神のように数多の村人を守護するのではなくても、たった一人でも守りたいという気持ちを抱いたからこそ、璃綾は妖から神へ昇格を果たしたのだ。

琳太郎のため、琳太郎のおかげで神に成った。だから璃綾はこの瞬間から、琳太郎だけの神であり、母親だ。そして琳太郎は璃綾だけの愛し子でもある。自分以外の肉親など認めない。たとえ琳太郎をこの世に生み出し、命懸けで守ったあの母親であっても。

『安心してお休みなさい。貴方を脅かすものは私が排除する…私は、決して傍を離れません』

だからずっと、ずっとこの水底で、一緒に居ましょうね。母と子は、絶対に離れてはいけないのですから。

璃綾の囁《ささや》きに、琳太郎はふわりと寝顔を綻《ほころ》ばせた。


璃綾が神に昇格すると同時に、竜神の施した封印は跡形も無く消え去った。妖を閉じ込めるための封印は、通力を得て神となった璃綾には意味を成さないからだ。

無明の闇の如き深淵は、璃綾の通力に満ち溢れ、青い光の揺らめく神域へと変化を遂げた。

璃綾が許した者以外は絶対に立ち入れない、璃綾と琳太郎だけの世界だ。

すっかり璃綾を母親だと信じ込んだ琳太郎は、最初こそ戸惑いを見せたものの、人の世とはまるで違う神域の暮らしにもすぐに馴染《なじ》んだ。人の暦で半年も経《た》てば、璃綾に抱かれて眠り、璃綾に手を引かれて神域を散歩し、璃綾の膝の上でくつろぐ日々が当たり前になっている。

『おかあさん、おかあさん、お話しして』

琳太郎は沼に落ちる前から物語の類《たぐい》が好きだったらしく、璃綾の膝に乗ると、決まって昔話をねだるようになった。璃綾も伊達《だて》に長く生きているわけではないから、話のネタならいくらでもある。

『いいですよ。今日はどんなお話が聞きたいですか？』

『んーとね…悪い竜と正義の黒い竜のお話！』

『ふふ、琳は本当に黒い竜が好きですね。可愛い子……』

愛し子を抱いて過ごす幸福を噛《か》み締める。

そんな日々をいつまでも続けたいと思う反面、そうもいかないことを、璃綾は悟っていた。琳太郎の魂に僅《わず》かながらあの忌まわしい竜神の気配を感じ、通力を振るって淵上村を密《ひそ》かに調べたところ、思いがけない事実が判明していたのだ。

竜神が再生の眠りにつく際、後を託された村人は、竜神に与えられた水を人間特有の狡猾《こうかつ》さで活用し、饗庭《あえば》の家名で淵上村に君臨していた。琳太郎の父親は現当主、琳太郎はその長男である。

当主の妻の遺体が沼に浮かび、唯一の跡継ぎは未《いま》だ行方不明ということで、村は混乱の極みにあった。妻子を一度に失った琳太郎の父は憔悴《しょうすい》しきっていた。通力で真実をつまびらかに把握した璃綾には、茶番そのものにしか見えず、嘲笑《ちょうしょう》せずにはいられなかったが。

璃綾が竜神に封じられてから五百年近くが経っても、人間の欲深さはちっとも変わらない。文明が発達した分だけ、一段と悪化し、腐臭をまき散らしている。

神は清き魂を好むもの。

かつて竜神が饗庭の始祖を信頼し、恩恵を授けたのは、素朴な村人たちの中でも最も澄んだ霊力と魂の主だったからだろう。いずれ再生したあかつきには、通力を完全に取り戻すための贄《にえ》にすべく、饗庭の血統を存続させようと謀《はか》ったのだ。いかにも生まれながらの神らしい、陰険極まりない策である。

だが、饗庭の一族が清き魂を保っていたのも遠い過去の話。現代の饗庭家は、竜神の恩恵がもたらす富に溺《おぼ》れきり、身も心も穢《けが》れきっていた。神の贄どころか、妖の餌《えさ》にすらならない。

……琳太郎を除いては。

まだ妖だった璃綾すら惹《ひ》きつけただけあって、琳太郎は何物にも染まらない、清らかな極上の魂の主だった。璃綾が封印から解き放たれた以上、竜神もそのうち目覚め、贄として琳太郎を所望するに決まっている。

神に捧げられ、喰らわれた贄は、神と一体化し、永遠を共に生きる存在になる。つまりは伴侶と同じだ。遠い昔、神の贄に捧げられることは、人間たちの間ではたいそうな名誉とされていた。

強大な通力を誇る神々には、強き者であるがゆえに様々な掟《おきて》がある。天候をも自在に操る神々が険悪になるたびに衝突しては、巻き添えを喰らった人の世が崩壊しかねないからだ。互いの贄を巡って争ってはならないのも、互いの神域を侵してはならないのも、特に重要な掟の一つである。神の贄に選ばれるほど清らかな魂は稀有《けう》なので、遠い昔に贄を巡って天変地異を引き起こすまで争った神々が存在したせいだ。

掟に照らせば、琳太郎を喰らう正当な権利を有するのは、饗庭の血筋を守護してきた竜神である。

だが、当然ながら、璃綾にそれを許す気など微塵《みじん》も無い。

琳太郎は璃綾のたった一人の愛し子。愛情を注いで育てて、永遠に幸せに暮らすのは璃綾なのだ。璃綾だけに笑いかけ、璃綾だけを欲しがってくれる琳太郎を横から掻《か》っ攫《さら》おうなど、言語道断である。

琳太郎だって、美しく優しく賢く愛情深い完璧な母親からいきなり引き離され、凶悪な竜神に攫われたりすれば、悲しみのどん底に叩《たた》き落とされ、泣き叫んで拒むに違いない。

母として伴侶として、琳太郎を守ってやらなければならない。

案の定、竜神は琳太郎が璃綾の元に落ちてきてすぐに目覚め、琳太郎を引き渡すよう通力で要請してきた。もしも璃綾が大蛇のままだったら、問答無用で戦いを仕掛けてきたのだろうが、妖から成り上がったとはいえ神は神。実力行使など許されない。

激怒した竜神だが、掟ゆえ、璃綾の神域から琳太郎を奪い去ることは出来ない。元妖としては、くだらない掟など無視すればいいのにと、生まれながらの神の矜持《きょうじ》の高さに呆《あき》れてしまうが、そこを利用しない手は無い。

璃綾が琳太郎を深淵の神域から出さない限り、竜神は贄たる琳太郎を奪えないのだ。元より一生、琳太郎と共に沈んでいるつもりだったので、竜神が歯軋りして悔しがるのをよそに、璃綾と琳太郎の幸福な日々は永遠に続く――はずだったのだが。

璃綾が己の致命的な誤りに気付いたのは、二人きりの生活が始まって三年近くが経つ頃だった。璃綾の元に舞い降りてきた時に三歳だった琳太郎は、六歳になっている。身長も伸び、幼子から少年へと大きく変化し始める年頃である。

しかし、琳太郎は精神こそ年齢相応に成長したものの、肉体は三歳のままだった。

神域は人の世とは隔絶された異空間であり、時の流れすら停止している。ゆえに、神域に留《とど》まった人間もまた、肉体の年齢が止まってしまうのだ。今まで他の人間を神域に招いたことが無かったため、その危険性には全く思い至っていなかった。

『おかあさん、おかあさん。ぎゅっ、てして』

いつも璃綾にべったりの琳太郎は、白き竜神が贄を求めて荒れ狂い、水面がざわつくと、しがみついて離れなくなる。一歩でも神域の外に出ればたちまち捕まり、璃綾から引き離されてしまうと、本能的に察しているのだろう。

そんな時、璃綾は望み通り愛し子を少しの隙間《すきま》も無く抱き締めてやる。成長の止められた身体は璃綾の半分も無い。

ただ愛玩《あいがん》動物のように愛でるだけなら、このままでも良いだろう。けれど璃綾は、母として、我が子の成長した姿を見届けたい。

そのためには琳太郎を一旦神域から出し、人の世に戻してやらなければならない。しかし、そうなれば竜神はここぞとばかりに琳太郎を奪い、己の神域へと引き込もうとするだろう。

悩みに悩んだ末、璃綾は琳太郎の魂に己の印を刻み込み、人の世に返した。

他神の印が刻まれた人間を己の贄にするには、その神に納得させて印を消させるか、贄本人の意志で自分を選ばせなければならない。璃綾と違い、生まれながらの神であり、秩序を重んじる竜神は必ずその掟に従うと踏んだのだ。

予想は的中した。琳太郎は璃綾の印を魂に刻んだまま、十五年ぶりに璃綾の元へ戻って来てくれたのだ。人として最も充実した、十八歳の肉体に成長して。

このまま、ずっと愛し子の寝顔を眺めていたいのは山々だが、まだ厄介ごとが残っている。

璃綾は渋々と布団を抜け出し、脱ぎ散らかされていた長襦袢《ながじゅばん》や紗《しゃ》の着物を拾い集め、再び身に着けていった。通力を使えば服装など一瞬で変化させられるが、敢《あ》えて手を使うのは、初めてのまぐわいの余韻《よいん》に浸りたいから。理由はただそれだけだ。

人の世に帰してからも、ずっと陰ながら琳太郎を見守っていた。

病にかからぬよう、事故に遭わぬよう、妙な輩《やから》にひっかかって心に傷を負わぬよう、通力を駆使して守り抜いたのは、親ならばごく当たり前の、我が子に対する愛情に過ぎなかったのだ。

……最初のうちは。

特に、琳太郎に近付く人間は厳選した。男だろうと女だろうと、少しでも琳太郎の純粋な魂を穢す可能性のある輩は徹底的に取り除いた。いつか、琳太郎が伴侶を迎えるとしたら、一点の穢れも欠点も無い、完璧な者でなければならないのだと思っていた。人からも神からも妖からも琳太郎を守り通し、いついかなる場合も琳太郎を優先する者でなければ可愛い我が子は渡せないのだと。

けれど、琳太郎が日に日に健やかに、愛らしく成長していくにつれ、璃綾は疑問を覚えずにはいられなくなってしまったのだ。こんなにも可愛らしい我が子を、璃綾以上に愛し、守れる者など、果たして人の世に存在するのかと。

いくら考えても誰も思い当たらず、苦悩し続けた璃綾に答えがもたらされたのは、琳太郎が精通を迎えた時だった。祖父母には恥ずかしくて相談出来ず、一人で性器を拭《ぬぐ》いながら『おかあさん』と縋るように何度も呟《つぶや》いた琳太郎に、璃綾の頭は一瞬で焼け焦がされ、気付けば己の雄を扱《しご》き立てていた。

そうして、ようやく思い至った。自分は琳太郎を我が子としてだけではなく、伴侶としても欲しているのだと。ならば、琳太郎をこの世で最も愛するこの自分が伴侶になれば良いのだと、琳太郎が璃綾の蒙《もう》を啓《ひら》いてくれたのだ。

以来、璃綾は琳太郎の身も心も愛し尽くし、いずれは己の神域に招き入れ、永久の契りを交わすべく、心血を注いできた。

その甲斐《かい》あって、琳太郎は璃綾の手の中に戻り、魂同様清いままの身体を璃綾に捧げてくれたのだ。

「…なんて、可愛い子…私の伴侶…」

腰紐《こしひも》を結わえるたび、帯で腰を締め上げるたび、琳太郎の艶姿が脳裏を過《よ》ぎり、璃綾は我が子の成長の喜びを味わう。璃綾が傍に居てやれなかったにもかかわらず、よくぞここまで立派に育ってくれたものだ。

身長はこの国の平均よりも低く、小柄だが、手足は長くしなやかで、顔も産みの母親に似て愛らしい。璃綾が印を刻み込み、守り続けてこなかったら、庇護欲《ひごよく》をそそられた男か女にとっくに喰われていただろう。

女も羨《うらや》みそうなすべすべの肌に、艶のある黒髪は幼子の頃のまま。性器はさすがに大人のものになったけれど、下生えは和毛《にこげ》ほどに淡く、璃綾が飽かず愛でた愛くるしさを存分に留めている。

掌《てのひら》ですっぽり覆ってしまえる大きさのそれが、双《ふた》つの嚢《のう》を懸命に震わせ、璃綾の口内で雄々しくいきりたち、射精する様は本当に立派だった。芳醇《ほうじゅん》でまろやかな精液を一滴残らず嚥下《えんか》しながら、伴侶の喜びに浸ったものだ。

そうそう、忘れてはいけない。璃綾を健気《けなげ》にも根元まで銜《くわ》え込んでくれた蜜と尻も素晴らしかった。

人間とまぐわうのは正真正銘初めてだったが、包まれるだけで気をやってしまいそうになる相手など、琳太郎だけに違いない。

このまま二人きりの時を満喫しつつ、璃綾の神域たる菖蒲沼の深淵へ引き籠《こ》もってしまいたいものだが、そう上手《うま》くはいかないのが現実である。

最後の仕上げに帯締めを固めに結び、璃綾は廊下に面した襖《ふすま》を振り返った。

「そんなところに突っ立っていないで、入ったらいかがですか?」

「…この…っ、毒蛇……!」

押さえつけていた通力を霧散させるや否や、高名な絵師を招いて描かせた花鳥風月の襖を乱暴に押し倒し、足音も荒く飛び込んできたのは濫《らん》だった。

だが、威勢が良かったのはそこまで。乱れた布団に生まれたままの姿で横たわり、未だ閉じきれない蕾からとめどなく璃綾の精を垂れ流す琳太郎の傍らに、濫はがっくりと膝をつく。

「…初心な琳太郎を相手に、なんという無体を…」

「異なことをおっしゃる。私は琳太郎さんに、無理強いなど一度もしませんでした。琳太郎さんの方から、私の『初めて』が欲しいと望んで下さったのですよ。それくらい、いくら貴方のお耳が遠くても、おわかりでしょうに」

ずっと廊下で立ち聞きしていたことはわかっているのだと暗に告げてやれば、濫は怒りも露《あら》わな視線を璃綾に投げ付けてくる。

「色香を用いて、そうなるようたぶらかしたのだろう…無理強いなどよりもよほどたちが悪い」

「ふ…っ、誉《ほ》め言葉だと受け取っておきましょうか。性悪は蛇のさが。私は愛し子を守るため、持てるすべを使ったに過ぎません。私を止めたいのなら、貴方もそうなされば良かったのに」

「……出来るものなら、とうにやっている…！」

悔しげに拳《こぶし》を震わせる濫が、璃綾の優越感をこの上も無く刺激する。

こんな日が訪れるなど、五百年前、深淵に封印された時には、思いもしなかった。

今でこそ璃綾よりも年若い人間の姿を取っているが、その本性は竜――妖から成り上がった璃綾とは異なり、清流を司る、生まれながらの神だ。淵上村を襲った璃綾を返り討ちにし、封印した。すなわち、饗庭家に変若水《おちみず》を授け、琳太郎という贄を喰らうはずだった竜神である。

五百年前、妖の璃綾と神である滥にはくつがえしようの無い力の差が存在したが、今や逆転している。神となった璃綾に封印を破られ、長き再生の眠りから覚めたはいいものの、喰らうはずだった贄が璃綾の手に落ちており、通力を回復しきれていないせいだ。

十五年前、琳太郎が人の世に帰った際には、己が贄を奪った挙句印まで刻み込んだ璃綾に激怒して襲いかかってきた。だが結局、饗庭家に母子として潜り込み、成長した琳太郎の帰還を待ち、本来の姿は封じたまま琳太郎自身にどちらかを選択させるという提案に同意したのだ。

璃綾を傍で監視するためだけではない。璃綾に無理矢理琳太郎の印を消させるだけの通力が、今の滥には無いのである。弱々しい少年の姿しか取れないのも、通力の不足のせいだ。幻影を纏《まと》い、周囲には大人の男に見せかけているだけである。同じ神や、琳太郎のように生まれつき霊力の高い人間の目はごまかせない。

神に成り上がろうと、しょせん、璃綾は元妖。分別のつかぬ幼子のうちは懐いても、成長すれば自分を選ぶはずだという自負もあっただろう。璃綾と滥が本性を晒《さら》して正面からぶつかり合えば、勝敗の行方はどうあれ大規模な天災が巻き起こり、人の世に少なからぬ被害を及ぼしてしまうという危惧《きぐ》もあったに違いない。

生まれながらの神らしい、実に公平で潔癖で、慈悲深い考えだ。璃綾にはとうてい理解出来ないが。

どうしても欲しいものがあるなら、手段など選ぶべきではない。掟に背こうと、自らの心を多少傷付けることになろうと、打てる限りの手を打たなければならないのだ。そうしてきたからこそ、璃綾は今、勝者として濫を見下ろしている。

実体は無かったとはいえ、好きでもない男の妻のふりをするのはつらくてたまらず、純情な心が切り刻まれる心地だったけれど、その労苦は九割がた報われた。

神隠しとは、神が見初めた人間を気まぐれに己が神域へ引き込むことだが、人の世に戻された人間は神域での出来事をほぼ忘れ去ってしまうものだ。人間の弱い心では神に愛でられた記憶を留めておけないから。

饗庭家に潜り込む際、琳太郎の父の後妻、義母という立場を選んだのは、微かに残っているかもしれない自分の面影を刺激してやれればと思ったためでもある。

だが琳太郎は、璃綾を…『おかあさん』を、おぼろげにでも覚えていてくれた。贄に選ばれるほど清らかな魂の持ち主だから？　いいや、それだけが理由ではない。琳太郎もまた、幼心にも璃綾を深く愛してくれていたからに決まっている。

身体は繋げた。璃綾の精は琳太郎の中に根付き、璃綾の匂いを内側から纏わせた。

この先、琳太郎に邪《よこしま》な意図を持って触れようとする者が出れば、その者の肉体は水神たる璃綾の呪いを受け、生きたまま腐り落ちることになる。

後は、心だけ。琳太郎に濫ではなく璃綾を選んでもらい、母としてのみならず、伴侶として受け容れてもらうだけ。そうすれば、連れて行ける。誰の邪魔も入らない、二人だけの青い水底……璃綾の神域に。

忌々しい竜神も愚かな人間も、琳太郎と永遠に幸せに暮らすための踏み台だと思えば、寛大な心で接してやれる。

「——それで？　偉大なる竜神におかれては、初心な贄に無体を強いたこの私を、いかに処断なさるのですか？」

璃綾は何ら掟に背いてはいないし、十五年前の協定にも反していない。成長した琳太郎があまりに愛らしくて、迸《ほとばし》る情愛を抑えきれずに多少暴走した自覚はあるが、それはお互い様というものだ。あくまで公明正大な神らしく、琳太郎に正面からぶつかり、己を選ばせようとする濫がいけない。

そもそも饗庭家が堕落しきったのも、濫の見通しが甘すぎたせいなのだ。人間の本性は濫が考えるより遥《はる》かに欲深く、醜い。であるならば、神もまた相応に構えなければならないものを。

「……処断など、出来るわけがないだろう。口惜《くちお》しいが、お前は確かに掟を犯してはいない。ただ、私が甘すぎただけだ」

濫は歯軋りをしつつもあっさりと己の非を認めた。いい気味だと思う反面、癪《しゃく》に障ってたまらない。何があろうと、最終的には琳太郎は己の贄になるのだと確信している、その自信が。

「だが、私とてこのままおめおめと退散はしない。琳太郎は代々この私に仕えてきた血筋の、正統なる末裔《まつえい》であり、贄だ。毒蛇の手に完全に堕《お》ちる前に、救ってやらなければならないからな」

「…白いのが…」

正当性をひけらかされ、殺気を纏った璃綾と濫との間に一触即発の空気が漂った。

神同士が本性を晒し、人の世で争うのは禁じられている。だが、人の姿を取ったこの身体で傷付け合うくらいならば許されるのではないか。

「…ん…っ…、う…」

琳太郎が小さく呻《うめ》き、寒そうに身を縮めなかったら、璃綾は濫の腹に拳を一発お見舞いしていただろう。縦に裂けかけていた瞳孔も、丸に戻る。

「…この邸《やしき》は、地下殿から漂う冷気のせいで、ただでさえ涼しい。水の神たる我らが結界も張らずに気を昂《たかぶ》らせれば、凍《い》て付いてしまうぞ」

同じく怒気を削《そ》がれたらしい濫が、ぽん、と掌を軽く打ち鳴らした。急激に下がりつつあった温度が、たちまち上昇していく。

「地下殿…ね。汲水《きゅうすい》の儀などという茶番を、琳太郎さんの代でもまたやらせるおつもりですか？」

「…あれが、饗庭家の後継者を定める儀式であることに変わりは無いからな。琳太郎が帰還した以上、宗司《そうじ》のような輩を当主に据《す》えるわけにはいかない。饗庭の血筋は、琳太郎を生み出すために繋がってきたのだから」

茶番という表現を否定しなかったあたり、濫もまた、人間が全き善であると思っているわけではないのだろう。もしくは、己の神域…生滝《なるたき》の水源に琳太郎を誘い込み、本性である神々しい竜神に変化すれば、琳太郎がどれほど璃綾に染められていても奪い返せると信じているのか。おそらくは両方だ。

そうでもなければ、純潔のまま己の贄になるはずだった人間が他神の――それも元妖の精にまみれた姿を晒されて、正気を保っていられるはずがないのだ。その自制心だけは、褒《ほ》めてやってもいい。

濫はしなやかな身のこなしで立ち上がった。

「…今日のところは、これで退いておく。くれぐれも、琳太郎に風邪など引かせるなよ」

「言われなくとも。…ですが、良いのですか？　琳太郎さんの傍に付いていなくて」

「目覚めた時、私が傍に居ては琳太郎も気まずいだろう。琳太郎とお前の間にあったことは、私は知らぬふりを通す。…どうせ、一時の気の迷いで終わるだろうからな」

束《つか》の間、璃綾ですらぞくっとするほどの冷気を発散し、濫は廊下の奥へ消えていく。近いうちに行われるだろう汲水の儀での勝利を信じて疑わない態度に、璃綾はクククッと喉を鳴らした。

神と神の争いにおいて、己が神域は絶対的に有利な領域である。神域内であれば通力が格段に増し、回復しきれていない濫であっても本性に戻れるのだ。

そこで竜神の顕現に驚嘆する琳太郎に己を選ばせ、そのまま神域に引き込んでしまえば、濫の勝利が確定する。

「…でも、濫。貴方は一つ、重要なことを忘れていらっしゃる」

ここは神域ではない。愚かな人間たちがひしめく、人の世だ。

神として生まれ、長い年月を眠って過ごした濫にはわからないのだろうが、取るに足らぬほど脆弱な人間も、欲望が絡めば、時として神すら予想しない暴挙に出ることがある。

妖から成り上がった璃綾は誰よりもそれを熟知している。だからこそ、琳太郎の実父とはいえ、全ての元凶とも言える男の妻という屈辱的な地位にも甘んじた。

「ふふっ……」

かつては人間どもを守るために戦った神が、人間を弱き者と侮《あなど》るがゆえに敗北する。我ながら、なかなか皮肉の利いた結末を用意してやれたものだ。

「大丈夫ですよ、琳太郎さん…」

ひとしきり笑ってから、璃綾は跪《ひざまず》き、眠る琳太郎をぎゅっと抱き締めた。熱を持たぬ肌では温もりを分けてやれないが、通力で温めることなら可能だ。

こうしていると神域での思い出がこみ上げ、幸福に満ち溢れる。

この子を守るためなら何でも出来る。

自分だけのものにするためなら、この子に何でも出来る。

相反する情愛と欲望が入り混じり、反発しながら混沌《こんとん》を成していく。

「貴方は可愛い私の子で、私の伴侶。誰にも、穢させはしませんから…」

応えるように、微かに震えた頰に、璃綾は口付け、長い舌を這《は》わせた。

これから存分に愛し子の世話を焼けるのだと思うと、天にも昇る心地だった。


「うん…、うん。本当にごめんね、ばあちゃん。また連絡するから。じいちゃんにもよろしくね」

通話を切り、いつもの癖でジーンズの尻ポケットに滑り込ませようとした携帯電話が、ごとりと畳に落ちた。慌てて拾い上げ、液晶画面に異常が無いのを確認してから、今度は袂《たもと》に収納する。

祖母のおかげで現代っ子にしては和服に詳しい琳太郎だが、自分が晴れの日でもないのに着物を着るなど初めてで、どうにも慣れない。

それも気軽な浴衣ではなく、正絹で織り上げられた薄墨色の絽《ろ》の単《ひとえ》に、藍色の夏羽織を重ねるという本格的な装いである。馴染んだTシャツとジーンズ姿になりたくても、持参してきた衣類は全てどこかへ持って行かれてしまったのだから仕方が無い。

「おくつろぎのところ失礼します、琳太郎様。お届け物をお持ちしましたが、入ってもよろしいでしょうか」

「あ……、はい。どうぞ」

しずしずと入ってきた使用人は、抱えてきた大きな桐箱《きりばこ》を琳太郎の前に置くとすぐに退出していった。

溜息《ためいき》をついて桐箱を開ければ、中身は食べごろに熟した、いかにも高価そうなマスクメロンだ。大きさといい漂う芳香といい、これ一つで数万は下るまい。

祖父母のおかげで比較的裕福な暮らしをしてきた琳太郎にも、今まで縁の無かった一品だが、驚いたりはしない。身の丈に合わない贈り物が届けられたのは、これが初めてではないからだ。

与えられた二十畳はあろうかという部屋の半分は、贈り物に占領されている。

積み重ねられた箱にはどれもファッションに疎い琳太郎でも知っている高級ブランドや、百貨店のロゴが刻まれており、中身が一介の大学生には着て行く場所すら思い付かないスーツやら靴やらバッグであることは既に確認済みだ。薄いアルバムのようなものの中には、琳太郎が購入した覚えも無い…購入出来るはずもない高級リゾート地の別荘の権利書が収められていることも。

それらに比べれば、このメロンなど可愛いものなのだろうが…。

「俺なんかを相手に、皆、何考えてるんだよ……」

畳に仰向《あおむ》けで倒れ込み、ぼやかずにはいられない。まだ正式に当主の座に就いたわけでもない琳太郎に、どうしてこれほどの贈り物を寄越すのだろう。

この山奥の邸を訪れるのすら一苦労のはずなのに、宗司が怒り狂って邸を去った一昨日から、高価すぎる贈り物は引きも切らない。この部屋にあるのは最近届けられたばかりのもので、少し前のものは別室に移動させられているのだ。

贈り主は様々だが、共通するのは地位も名誉も財力も兼ね備えた著名人であるということで、比率としては女性が多い。皆、饗庭家が作り出す美容水の、古くからの顧客だ。

危惧していた通り、琳太郎が宗司に喧嘩《けんか》を売ったことは、瞬く間に村人や顧客たちに広まってしまったらしい。父の葬儀で宗司を取り巻き、機嫌を取り結んでいた顧客たちは、掌を返したように琳太郎に群がろうとしている。美容水に必要不可欠な材料である変若水を汲《く》めるのは、饗庭家の当主だけだから。

女性が美貌と若さの維持に努力を惜しまないのは知っているつもりだが、饗庭家の美容水とはそんなに高い効果のあるものなのだろうか。存在すら忘れられていた琳太郎の歓心を必死に買おうとするほどに。

「…駄目です！　お待ち下さい！」

ごろりと寝返りを打とうとしたら、遠くから使用人の焦った声と、それを打ち消さんばかりに大きな足音が聞こえてきた。だんだんこちらに近付いてくる。

まさか宗司がまた乗り込んできたのか、と身を起こし、警戒した琳太郎だが、襖を開け放ったのは初めて会う女性である。

顔立ちは整っているのに、化粧でも隠し切れない目元の皺《しわ》や頬のたるみ、くすんで張りを失った肌のせいでひどく老けて見えた。なまじモデルばりの素晴らしいプロポーションをしているだけに、若々しいデザインのワンピースが痛々しい。

「貴方は…」

「……ご当主様っ！」

琳太郎に誰何《すいか》の間すら与えず、女性はがばりと跪くや、額を畳に擦《こす》りつけた。

「お願いです！　私に美容水をお譲り下さい…！」

「び、美容水…？」

「来年、小城《こしろ》監督の映画に主演が決まったんです。稽古は来月から始まる予定で…もう、時間が無いんです！」

「山科《やましな》様、おやめ下さい！　遠くからお姿を拝見するだけだって約束だったじゃないですか…！」

女性を追いかけてきたらしい使用人が真っ青になって制止しようとするが、女性は使用人の手を振り払い、すさまじい形相で琳太郎ににじり寄ってくる。

その顔にどこか見覚えがある気がして、琳太郎は戸惑った。初対面だと思っていたが、どこかで会ったことがあるのだろうか？

「お金ならいくらでも払います…何でもしますから、どうか…！」

「──山科様」

あと少しで足首を摑《つか》まれるというところで、入り口にすっと現れたのは璃綾だった。喪の色を纏った麗人の登場に、女性は伸ばしかけていた手をびくっと止める。

「…お…、奥方様…」

「こんなところで、いかがなさったのですか？　今日、おいでになるとは聞いておりませんが」

「しっ…、仕方が無かったんです。いくら『ＥＶＥＲ』にお願いしても、美容水を売ってもらえなかったから…っ」

「だから、贈り物を届けるふりで私の子の元に忍び込み、直訴を試みたのですか。使用人まで買収して」

璃綾が一瞥《いちべつ》すると、使用人はぎくりと頰を強張らせた。どうやら彼女が女性をここまで手引きしてきたようだ。

さっきの台詞《せりふ》からして、琳太郎の姿を見せるだけの約束だったのが、女性が暴走してしまったのだろう。……おそらくは、美容水を求める一心で。

美容水の顧客は裕福な著名人揃いで、目の前の女性も金に困っているようには見えない。そんな女性がなりふり構わず他人の邸に忍び込み、正式に当主になったわけでもない琳太郎に直訴する。それだけの効果が、変若水入りの美容水にはあるというのか。

「お気持ちはお察ししますが、山科様以外にも、多くのお客様がたに美容水のご購入をお待ち頂いている状況なのです。その旨、とうにお知らせしてあるはずですが」

「わかってる…、わかってます。だから手持ちの美容水を水で薄めて使っていました。でも、もう限界なんです…！　こんな顔で、撮影なんて出来るわけがない…！」

　女性はとうとう顔面を両手で覆い、わっと泣き出してしまった。しかし、璃綾は同情する素振り一つ見せず、ぱん、と掌を打ち鳴らす。

「お呼びですか、奥様」

「お客様がお帰りです。外までご案内を」

　現れた二人の男たちは、璃綾の命令に躊躇《ちゆうちよ》せず従い、嫌がる女性を無理矢理立ち上がらせ、引っ立てて行く。片方は、確か初日に琳太郎を邸まで案内してくれた男だ。この邸の使用人だったのか。

「ご当主様……っ！　お願いします…っ、どうか、私に美容水を……！」

　長い脚を包むストッキングが破れるのも構わず、女性は懸命に手足をばたつかせ、琳太郎に取り縋ろうとする。

　このまま帰したら死んでしまいそうで、琳太郎はぶるりと首を振った。

まさか、たかだか美容水が手に入らなかったくらいで死ぬだなんて、ありえないと思いたい。でも、地位も名誉もあるだろう女性がここまでするくらいだ。もしもこの後、何かあったら…。

逡巡《しゅんじゅん》の末、琳太郎は男たちを呼び止めた。

「待って！　その人に、美容水を分けてあげて下さい！」

「琳太郎様!?」

「美容水が、一滴も無いってわけじゃないんなら…その人に、ほんの少しでも分けてあげられるんじゃないですか？」

「琳太郎様…、ですが…」

案内役だった男は弱り果て、璃綾に視線で助けを求める。

痛いほどの沈黙があたりを満たしたのは、僅かな間だけだった。璃綾は頷《うなず》き、もう一人の男に命じる。

「美容水を一本、持って来なさい」

「えっ……」

「よろしいのですか、奥様？」

驚きの声を漏らす女性の手を掴んだまま、使用人の男は信じられないとばかりに問い返す。

しかし璃綾がもう一度頷いてみせると、一人が急いでどこかへ走り去り、小さな箱を手にしてすぐに戻ってきた。

掌に乗るサイズのそれは赤いビロード張りで、アクセサリーを包装する箱に似ている。

だが、男が蓋《ふた》を開けた中に収まっていたのは指輪でもネックレスでもなく、凝ったデザインの小瓶だ。あれが美容水なのか？　あんなに小さな瓶では、せいぜい小さじ一杯ほどの分量しか入りそうにないが。

「あっ…、あ、ああ……！」

歓喜の声を上げた女性は、璃綾にどうぞと促されるや、男から小瓶を奪い取った。硝子《ガラス》の蓋を引き抜き、掌に垂らした美容水を呷《あお》る。あたかも、砂漠で渇ききった旅人が、ようやくありつけた水を飲み干すかのような熱心さで。

「あっ……！」

ゆっくりと上げられた女性の顔に、琳太郎は驚嘆せずにはいられなかった。

さっきまでどんなに若く見積もっても四十代後半だった顔は、皺という皺が消え失《う》せ、肌も二十代…いや、十代の張りと瑞々《みずみず》しさを取り戻していたのだ。今の彼女なら、若々しいワンピースも充分に似合っている。

そして、よみがえった美貌により、琳太郎もやっと思い出す。この女性は、年齢不詳の美女と称賛され、国内外で活躍する女優の山科亜由美《あゆみ》だと。どうりで既視感を覚えたわけだ。

冷たいものが背筋を這い上がる。

祖母が亜由美のファンで、夏休みに入ってすぐ彼女の主演映画を一緒に鑑賞させられたのだが、確かあれは二十年前の作品だと言っていた。つまり今の亜由美の年齢は、少なくとも五十代以上のはずなのに、目の前に佇《たたず》む女性は琳太郎の姉と言っても疑われまい。

「ああ…、これよ、これが欲しかったの…！」

感極まって震える声すらも、心なしかさっきよりも若々しく、艶めいている。これだけの変貌を目の当たりにしたというのに、腰を抜かしそうなのは琳太郎だけで、璃綾も使用人たちもまるで動じていない。

「それで、しばらくの間は持つでしょう。言うまでもないと思いますが、この一件は他言無用に」

冷静に忠告する璃綾に、亜由美は小瓶を宝物のように握り締めたままこくこくと頷く。

「勿論《もちろん》です。ありがとうございます、奥様…！」

「お礼なら私ではなく、琳太郎さんに。私はただ、琳太郎さんの望みを叶えて差し上げたかっただけですから」

「はい…。お口添えありがとうございます、ご当主様。このご恩は絶対に忘れません」

亜由美は琳太郎に何度も頭を下げてから、今度こそおとなしく男たちに連れられて行った。

二人だけになると、璃綾はさっきまでの冷たい表情から一転、慈愛深い笑みを浮かべ、呆然《ぼうぜん》と立ち尽くす琳太郎の手をやんわりと握り締める。

「ごめんなさい、琳太郎さん。私の管理が甘かったせいで、怖い思いをさせてしまいましたね」

「…あれが、変若水入りの美容水…なんですか…？」

「ええ。…琳太郎さんは、今まで美容水をご覧になったことはありませんか？」

「はい。今日が、初めてで…」

「そうでしたか。ならば、さぞや驚かれたでしょう。あれこそが、竜神が饗庭家に授けた恩恵……変若水の『ご利益』です」

どこか皮肉っぽく笑い、少し待っていて下さいね、と言い置くと、璃綾は一旦自室に引っ込んだ。ほんの五分ほどで戻ってきた義母の姿に、琳太郎は思わず見入り、立ち尽くしてしまう。

「璃綾さん…、どうしたんですか…？」

「良い機会なので、地下殿にお連れしようと思いまして。あのままの格好では、少々動きづらかったものですから」

悠然《ゆうぜん》と微笑む璃綾は、喪服を脱ぎ捨て、黒のリネンシャツに濃紺色のパンツを合わせていた。いくつかボタンを外されたシャツの襟元から覗《のぞ》く鎖骨や、七分袖から伸びるしなやかな筋肉のついた腕、長い脚や男らしく引き締まった腰のライン。どれも、今まで喪服という貞淑な防壁に覆い隠されていたものだ。ごく普通の「男」のいでたちなのに、何だか見てはいけないものを見てしまったようで…璃綾が知らない男に変化してしまったようで、ひどく落ち着かない気分にさせられる。

「さあ、行きましょうか」

琳太郎が胸をばくばくと高鳴らせているのも知らず、璃綾は琳太郎の手を引き、歩き出した。

硬い板の間を踏みしめているはずが、雲の上を漂っている気さえする。置いて行かれまいと無我夢中で足を動かしながらも、ちらちらと璃綾を窺わずにはいられない。そのたびに横顔だけで微笑みかけられて、動悸《どうき》はますます激しくなる。

……さっきまで確かに傍に居たはずの優しく美しい義母は、どこへ行ってしまったのだろう？　見知らぬ男の姿をしていても、どうして璃綾は琳太郎の胸を騒がせずにはいられないのだろう？

母屋の長い廊下を通り抜け、一旦外履きに履き替えてから奥庭へ下りて更に進むと、鬱蒼《うっそう》と茂る木々に埋もれるかのように、岩を積み上げた小屋がひっそりと建てられている。

ただの物置でないことは、鬼瓦と同じ竜が刻まれた金属製の扉や、ぐるりと巡らされた注連《しめ》縄《なわ》からも明らかだ。扉には家紋の象嵌《ぞうがん》された頑丈そうな鋼鉄の錠前が下ろされ、固く閉ざされていた。流れる空気は、屋外であるにもかかわらず邸内よりも冷たくて、璃綾にのぼせかけていた琳太郎の頭を冷ましてくれる。

「ここは地下殿の入り口です。この扉の奥は生滝の水源に繋がっており、変若水が湧《わ》いていると言われています。扉をくぐり、水源まで辿《たど》り着けるのは当主だけなので、私もこの目で確かめたことはありませんが…」

「…じゃあ、さっきの美容水に使った変若水を汲んできたのは…父さん？」

「そうです。ただ、旦那様はあまりお務めには熱心ではいらっしゃらなかったので、ここ十数年、美容水は常に品薄の状態が続いていました」

琳太郎の祖父の代までは美容水の顧客をごく一握りの富裕層に絞り、年にほんの数十本を販売していたそうだ。それだけでも、饗庭家のみならず村人全員を潤して余りあるほどの利益を上げていたというから驚きである。

しかし、琳太郎の父理一郎《りいちろう》が当主となり、弟の宗司が『ＥＶＥＲ』の実権を譲り受けたとたん、販売方針を一変させた。変若水の含有量を低くしたものを製造し、価格を下げることによって、薄利多売で顧客層を大きく広げたのだ。変若水の量を減らせば、効力もその分低くなるのだが、それでも他社製品とは比較にならない若返りの効果があると評判になり、『ＥＶＥＲ』の業績は飛躍的に上昇したのだ。

調子に乗った宗司は更なる販売網の拡大を試みたものの、理一郎が肝心の変若水をなかなか汲んでこないため、品薄に拍車がかかってしまった。そこで上得意客へ優先的に回していたのだが、理一郎の死亡により変若水の供給が絶えてしまい、現在では僅かな備蓄が残るのみだという。

「先程の山科様は、宗司さんの代になってからの比較的新しいお客様です。優先枠には入っていらっしゃいませんので、ずいぶんと長い間お待たせしてしまい、辛抱出来なくなってしまわれたようですね」

「……すみません。俺、そんなこと知らずに…」

琳太郎は己の仕出かしたことの大きさにようやく思い至り、くらりとした。

さっき璃綾が持って来させたのは、貴重な備蓄の一本だったのだ。きっと、次期当主のご機嫌伺いに別荘をぽんと贈って寄越すような上得意中の上得意に、目玉が飛び出そうな値段で売られるはずだったに違いない。

「何も気に病まれなくて良いのですよ。琳太郎さんは饗庭家の正統な後継者。あと少しすれば、新しい当主になられるのですから。私はそれまでの間、義母として代わりに管理させて頂いているに過ぎません。……そうでしょう？」

「…っ、…」

袖口からするりと入り込んできた手は、無防備な腕を這い、袂に仕舞われていた携帯電話を探り当てた。指先の冷たさにびくっと肩を震わせているうちに、璃綾は携帯電話を摘み上げ、再び袂へ落とす。

「だから、琳太郎さんはお祖母《ばあ》様とお祖父《じい》様に連絡をなさったのでしょう？　ここに留まり、当主の座を受け継ぐと」

「…それ、は…」

確かに、祖父母には電話をしたが、遺産分割協議に時間がかかりそうなので、予定よりも滞在が延びると告げただけだ。饗庭家の全てを継承する覚悟など、父の葬儀が済んでまだ一週間足らずなのに、固まるわけがない。ましてや、美容水の効果を、あんな形で見せ付けられてしまっては。

山科亜由美ほどの有名女優でさえ後回しにされるくらいだ。上得意の顧客は、亜由美よりも更に地位の高い富豪に違いない。若さと美への執着を募らせた顧客たち相手にあの美容水を売りさばくなんて、ただの大学生にはとうてい無理である。

それに、琳太郎は美容水が…変若水が恐ろしくなってしまった。

効果抜群だと聞いてはいたけれど、まさかあそこまでとは思ってもみなかったのだ。

中年の女性芸人が高額な化粧品やエステの全身美容を用い、若々しく生まれ変わるというテレビの企画を見たことがある。普段の姿からはかけ離れた美女に変身して驚いたものだが、それでも見た目は実年齢相応だった。

高級エステ店が時間と技術を注ぎ込んでようやく実現させた美と若さを、美容水はほんの数滴で凌駕《りょうが》した。五十代以上の女性を整形手術や化粧品も無しで二十代にしか見えなくさせるなんて、人間には不可能だ。

出来るとしたら、それは人間よりも遥かに強大な存在……竜神。

ただの伝説かお伽噺《とぎばなし》だと思っていた存在が、実在していたというのか？　琳太郎の祖先は、遠い昔、本当に竜に出逢《であ》い、奇跡の力の込められた変若水を与えられたのか？　この分厚い扉の奥には、人を数滴で若返らせる変若水が湧いているのか？

だとしたら、何故……。

「それとも…琳太郎さんは、私と暮らすのがお嫌ですか…？」

ふと湧いた疑問は、悲しみと憂いに満ちた声音に打ち消された。

袂の中、璃綾はその冷たさとは裏腹のねっとりとした手付きで、琳太郎の二の腕を撫で回す。

蛇が絡み付くような感触は、否応無しに、一昨日の…璃綾の『初めて』をもらったあの日の記憶を鮮烈によみがえらせる。

「う、…あぁっ…」

「初めての私をあんなに乱れさせて、夢中にさせて下さったのに…どこかへ行ってしまわれるのですか？　こんなに浅ましくなってしまった、私を置いて…」

「あっ…！　あ、あ…」

袂の中で絡め取られたままの腕が、くいっと引かれ、璃綾の股間《こかん》に掌を這わされる。そこはパンツの布地越しにも熱を孕《はら》んでいて、脳裏に一昨日さんざん腹の奥で銜《くわ》え込まされた太くて長いものが過ぎる。

『ああ、琳太郎さん…お目覚めになりましたか？』

――一昨日、大量の精液を腹に注がれて失神し、強い圧迫感で目を覚ましたら、赤ん坊のおむつを交換するような体勢で璃綾の雄を突き入れられていた。汚れた身体は綺麗《きれい》にされていたのに、腹の奥は注ぎ込まれたものがたぷたぷと揺れ、少し重く感じるほどで、琳太郎が失神した後も行為は続行していたのだと思い知らされた。

『…め…、…』

やめて。このままじゃ、お腹が裂けちゃう。

そう懇願したつもりが、失神中もさんざん嬌声《きょうせい》を上げさせられていたらしい喉はかすれて使い物にならず、揺さぶられ続けた。

ようやく解放してもらえたのは、昨日の明け方…指一本すら動かせなくなった頃だ。

精根尽き果て、ぐったりとした琳太郎を璃綾は愛おしげに抱き締め、自力で動けるようになるまで決して放してくれなかった。

『可愛い子。私の愛しい伴侶。大丈夫ですよ。全て、私に任せて』

風呂を抱っこされたまま入れられた後は、また床に戻り、一つ布団に包まってありとあらゆる世話を焼かれた。使用人に持って来させた食事を食べさせてもらったり、汗を拭《ふ》いてもらったり、眠くなると背中をさすってもらったり。真綿の絹布団は、まるで雛鳥《ひなどり》が巣立つ前の巣のようだった。

根性で体力を回復させ、どうにか頑張って立てるようになったのは、あのままでは璃綾の巣から永遠に出られなくなりそうだったからである。絡み付く璃綾の手が、脚が、心地好くて…ずっと、あの腕の中でまどろみ続けていたくなりそうで。

今日こそ、祖父母に電話をした後、弁護士を呼んで遺産分割協議を行い、相続を放棄するつもりだった。

こっそり法学部の友人にメールで尋ねたら、琳太郎が相続分を放棄した場合、残りの法定相続人である璃綾と滥がそれぞれ二分の一ずつ遺産を分けることになるそうだ。傍系の宗司は琳太郎が放棄しても相続人に繰り上がらないので、相続に口を挟めない。

最大の問題は、血族ではない璃綾と滥では地下殿に入れず、変若水を汲めないことだが、それは変若水の効果同様、ただの言い伝えに過ぎないのではないかと思っていた。

饗庭の当主しか地下殿に入れないというのは、饗庭家の権力を裏付けるための偽りで、本当は扉の鍵さえあれば誰でも変若水を汲んで来られるはず。だったら、璃綾か滥が当主になり、汲水の儀を経て当主の座に就けばいいのではないかと。琳太郎でなければならない理由など、無いのだと。

…だが、美容水の効果は本物だった。ならば、言い伝えも真実なのかもしれない。饗庭家の血を引かない璃綾や滥がこの扉を開けたら、その瞬間、竜は牙を剝くのかも——。

「はしたないと軽蔑なさいますか？　琳太郎さんが傍に居るだけで、こんなふうになってしまう私を…」

「……ん…っ…！」

切なげな溜息が、項《うなじ》に吹きかけられた。琳太郎が思考に沈む間にも、璃綾の雄は成長を遂げている。琳太郎の掌を軽く押し上げるそれは、大量の先走りを垂れ流しながら勃《た》ち上がっているのだろう。

——『初めて』をもらった時、和装の璃綾は下着をつけていなかった。

洋服を着ている今は、どんな下着なのだろうか。トランクスかブリーフ系か、それともビキニか。もしくは……『初めて』の時と同様、何も穿《は》いていないのか。想像するだけで喉が渇いていく。

「ねえ…、どうか、信じて下さい。私が濡れるのは琳太郎さんだけ。旦那様にも、一度もこうなったことは無いんです」

「…あっ、…璃綾、さ…ん…っ」

「可愛いのも、愛しいのも、貴方だけですから…」

亡き父ではなく、琳太郎だけ。

一昨日の交わりではさんざん優越感と欲望をそそった言葉が、今日も琳太郎を煽《あお》り立てた。

夫婦として十五年もの間暮らし、村人たちですら亡き父がいかに璃綾に溺れていたかを知っているのだ。一度も褥《しとね》を共にしていないなんて、普通はありえないが、琳太郎は璃綾の言葉を疑う気にはなれなかった。

だって、喪服を脱いだ璃綾は、妖艶でありながら男としての魅力にも満ち溢れていた。

神隠しに遭った我が子が不吉だからと遠ざけるような父に、璃綾が指一本でも触れさせるわけがない。琳太郎ですら壊されてしまうかとおののいた欲望を、父に受け止めきれるものか。

父は饗庭家の権力にものを言わせて璃綾を娶《めと》ったのだろうが、得られたのは夫の地位だけだったのだ。

十五年間、一日じゅう璃綾と同じ部屋にこもっても、指を咥《くわ》えて見詰めているだけだったに違いない。この美しい人に、誰も無理強いなど出来はしないのだから。

常にひんやりとした肌の、ここだけが熱を帯び、硬くなる感触も、濡れた切れ長の目が欲望に潤む様も、紅《あか》い舌がちろりと物欲しげに唇から覗くのも、全部。……全部、琳太郎しか知らない。琳太郎だけのもの。あの青い光の揺らめく空間で、『おかあさん』がそうだったように。

「おかあ、さん……」

いつか、濫は言っていた。琳太郎は他の者たちとは見えているものが違うのだと。

だったら、璃綾がどうしても『おかあさん』に重なってしまうのは、そのせいなのだろうか。二人きりで暮らしていた頃のように、ずっと抱き締めていて欲しくなるのも…あんなに苦しかったのに、また熱を分かち合いたいと願うのも。

「ふふ…、何ですか？　私の可愛い子…」

母と呼ばれても、璃綾は腹を立てるどころか嬉《うれ》しげに微笑み、空いた方の手で琳太郎の股間をそっと撫でさする。

まさに、母が子を慈しむかのような優しい仕草なのに、その姿は艶《なま》めいた笑みを刻んだ男で、

『おかあさん』には決して抱いたことの無い欲望と熱が肌を焼く。『おかあさん』に甘えたいのか、璃綾にあやされたいのか、現れたばかりの男に愛でられたいのか。自分の望みさえも、だんだんわからなくなっていく。

「本当に素直な、良い子ですね…さすが、私の伴侶…」

璃綾が愛情に満ちた声音でそう評するのは、琳太郎本人ではなく、触れられたとたん、びくんと震えて熱を孕みだした性器の方だ。

下着だけは持参してきたものを穿いているけれど、中に息づく性器がじょじょに形を変え、可愛がって欲しいと泣き出していることなど、さんざん肌を重ねた璃綾にはまるわかりだろう。

「…っあ、あ…っ、あっ…！」

角帯を一文字に締めているだけの単は、璃綾がすうっと手を滑らせるだけで簡単に内側へ入り込める。ボクサーブリーフ越しに握り込まれれば、痺《しび》れるような快感が背筋を駆け抜けた。

「琳太郎さん…」

危うく背中から倒れ込みそうになった琳太郎を、璃綾は岩壁にうまく誘導し、もたれかからせる。そのついでとばかりに角帯の結び目を器用に解《ほど》かれてしまうと、単ははらりとはだけ、薄い白紺の長襦袢を纏ったきりの姿が太陽に照らし出される。

竜神の加護があるという饗庭家の敷地内では、真夏の日差しもただ眩《まぶ》しいだけ。肌を焼くくらいに熱いのは、璃綾の眼差《まなざ》しの方だ。

その身は慎み深い喪の色に包まれているというのに、丸いはずの瞳孔がまた縦に裂けて、赤みがかった紫に染まり、琳太郎を捕らえて放さない。まるで、獲物を追い詰めた肉食の獣のように。

「琳太郎さんの可愛いところ…私に、見せて下さいますね…？」

首筋の柔な肉を吸い上げながらねっとりと囁く獣に、琳太郎は抗《あらが》うすべなど持たなかった。まだ昼間で、ここは邸の外で、いつ使用人や村人が通りがかるかもしれないのに、抵抗感よりも璃綾を歓ばせたい気持ちの方が大きく勝っている。

「ふ…っ…、あ、あ…」

琳太郎はそろそろと長襦袢の裾をつまみ、璃綾に見えやすいよう、左右に開いていく。薄い絹地がかすめるたび腿《もも》がびくんと跳ね、唇から勝手に甘い声音が零れてしまうのが恥ずかしいが、羞恥《しゅうち》はすぐに愉悦と快感に取って代わった。璃綾がほうっと感嘆の息を漏らし、地面に膝をついたからだ。

「あぁ…、私の、琳太郎さん……」

璃綾は生まれたての小鹿のように震える太股《ふともも》に何度も頬をすり寄せ、敏感な内股に長い舌を這わせてびしょびしょに濡らしてから、恥ずかしい染みの出来た下着をゆっくりとずらしていく。

跪いたその股間を恐る恐る見下ろせば、さっきまで琳太郎が触れさせられていたそこはパンツの股間をこんもりと押し上げていた。

琳太郎の蕾を穿《うが》ち、腹を思うがまま掻き混ぜたあの大蛇のように長大な雄が、琳太郎を欲し、鎌首をもたげている。その様を想像するだけで身体じゅうの熱が性器に集まり、出口を求めて荒れ狂う。

「やっ、あああっ…！」

下着のウエストが先端を引っかけながら股下まで下ろされた瞬間、琳太郎は外に晒されたばかりの性器から、勢い良く精液を噴き上げていた。宙に飛び散った白い粘液は、至近距離に居た璃綾の頬や唇、そして真新しいシャツまでをも汚してしまう。

「…っ、琳太郎、さん…」

さすがにこれは予想外だったのか、璃綾は下着を手にしたまま呆然としている。

すさまじい羞恥と罪悪感に襲われ、琳太郎は目を逸《そ》らした。

あんな些細《ささい》な刺激で極めてしまうだけでも恥ずかしいのに、璃綾を汚してしまうなんて、とんでもない粗相だ。いくら璃綾だって呆れたに決まっている。

「……可愛い子。待ち切れなかったんですね」

けれど、璃綾の紅い唇から零れたのは罵倒《ばとう》ではなく、愛しげに震える声音だった。羞恥に縮こまる性器を双つの嚢の裏側から片手でそっと持ち上げ、先端を熱い口内へ迎え入れる。

「ふぁっ……！　あぁっ、はっ、あ…っ」

立て続けの射精をねだるように嚢を揉《も》み込まれ、先端を強く吸い上げられれば、散らしたばかりの熱がすぐに戻ってくる。手に力が入らなくなって、長襦袢の裾を離しそうになったのを見計らったように、璃綾は先端を咥えたまま目線だけを上げる。

——離すな。もっと見せろ。

その時、琳太郎を貫いた言葉以上に雄弁な眼差しは、『おかあさん』や優しかった義母ではなく、紛れも無い男のものだった。

「う……、あっ……」

琳太郎はびくっと怯《おび》えつつも、脱力しかけた手と、今にもくずおれてしまいそうな脚にぐっと力を込める。すると、いい子、いい子と誉めるかのように、璃綾は先端から肉茎までを咥え込み、長い舌を巻き付けてくる。

「…やっ…、あ…、ああっ、あっ…」

弾力のある濡れた舌肉に絶妙な加減で扱かれ、性器はたちまち限界まで膨《ふく》れ上がってしまうのに、二度目の精を吐き出すことは叶わない。琳太郎が達しそうになれば舌の締め付けを緩め、絶頂が僅かに遠のけば逆に強める、璃綾のせいで。

……ひどい、ひどい。琳太郎を可愛い子と言ってくれたくせに。琳太郎が精液をぶちまけてしまいたいのもわかっているくせに。『おかあさん』なら、こんな意地悪なんて絶対にしないのに。

「私も、本当はこんなことをしたくはないんですよ？　私の琳太郎さん…」

心の叫びを聞き取ったように、璃綾は性器の根元を指で縛《いまし》め、顔を上げた。我が子を慮《おもんぱか》る母の表情とは裏腹に、頰に付着した琳太郎の精液を舐《な》め取る仕草は、縛められた性器が震えるほどあだめいている。

「でも、琳太郎さんが私を置いてどこかへ行ってしまおうとなさるから…だから私は、こんなに浅ましくなってしまう…」

璃綾はすっと立ち上がると、片手で器用にパンツのファスナーを下ろした。

予想通り、下着の類をつけていない股間は雄々しくそそり勃って血管の浮いた裏筋を見せ付け、琳太郎のいとけないものと同じ器官とは思えないくらいに熟した赤黒い切っ先から、こぷこぷと透明な先走りを垂らしている。

かたや、喪服を纏う貞淑な義母。かたや、下肢を猛々《たけだけ》しく滾《たぎ》らせ、獣の眼差しで琳太郎を捕らえる男。

璃綾は確かに、魔物なのかもしれない。いくつもの顔を、姿を持ち、その全てで琳太郎を魅了する。触れられもしないのに、父が死ぬまで傍に置きたがったのも無理は無い。

「琳太郎さん…、ああ…、琳太郎さん……」

「……っ、璃綾さ、…ん…っ」

長身をかがめた璃綾が、琳太郎の肩口に顎を乗せ、縛められた性器のすぐ近くで己を扱き始める。麗しい姿に反して醜悪でさえある刀身の纏う熱が、いきたくてもいけない性器を無慈悲に炙《あぶ》る。

「可愛い子…、愛しています、私の琳太郎さん…」

「あ……、あっ、ああ……」

「貴方だけが愛しい…私の子として、伴侶として、永遠に、傍に居て欲しい……」

切なく囁くや、襟元から覗いた首筋にかぷりと噛み付く。薄い肉に食い込む白い歯が、雄を扱き上げる手の動きを、その淫《みだ》らな振動を、つぶさに伝えてくる。

「琳太郎さん…、琳太郎さん…行かないで…」

限界まで膨張《ぼうちょう》すれば琳太郎の腹を内側から力強く押し上げる刀身を、根元からごしゅごしゅと揉み立てて。琳太郎の中にありたっぷりと出せるよう、熱を掻き集めて。

「私を一人にしないで下さい…貴方が居なくなったら、私は…」

ずっしりとした切っ先を、熟れた果実さながらに蕩《とろ》かせて。先端のくぼみを、早く発射したいとひくつかせて。

「私は…、一人になってしまう…っ…」

「あ、あっ…、璃綾…、さん……！」

熱い粘液が性器にぶしゃあっと降り注ぐ、その溶けてしまいそうな熱さで、琳太郎は璃綾の絶頂を知った。深く歯の食い込んだ首筋を、生温かい液体が濡らしていく。

……泣いているのだ。璃綾が。

そう悟ったとたん、胸の奥底から焦燥と、どろどろとした衝動が突き上げてきた。

璃綾を一人にしてはいけない。

もしも琳太郎がここを去ったら、璃綾がこの扉を開けて、竜神の罰を受けることになるかもしれない。火照《ほて》る身体を持て余し、今みたいに一人寂しく慰めるのかもしれない。そんな璃綾に引き寄せられ、宗司や、村人たちが群がってくるかもしれない……。

「…行きません、から…」

零れ続ける涙を止めたくて、慰めてあげたくて、琳太郎は裾を離し、代わりに璃綾の背中に腕を回した。

「どこにも、行きませんから……だから、泣かないで……」

「本当…、に…?」

琳太郎の肩口に顔を埋めたまま、璃綾が喉を震わせる。琳太郎無しでは生きていけないとばかりにのしかかってくる重みが、鼓動を加速させる。

「私の傍に居て下さる…? 当主になって、ずっと…?」

「居ます…っ、居ますから…！」

「あ…あっ、琳太郎さん……！」

その瞬間、首筋の薄い皮膚に歯を突き立て、熱い吐息を吹きかけてきた璃綾は、間違いなく獣だった。

　ぶつりと破れた皮膚から流れた血が長襦袢の襟を汚すよりも早く、琳太郎の体勢を入れ替え、地下殿の扉に前向きで両手を突かせる。単と長襦袢の裾をいっぺんに纏めて巻き上げ、股下にわだかまっていた下着を膝までずり下げ、右脚だけを抜かせると、ぷりんと晒された尻たぶを押し開く。

　一連の行動はあまりに素早くて、琳太郎は己の身に何が起きているのか、ほとんど理解出来ていなかった。璃綾がここで身体を繋げようとしているのだと悟ったのは、慣らされてもいない蕾に灼熱《しゃくねつ》の塊をあてがわれた後だ。

　ついさっきあんなに大量の精を溢れさせたばかりなのに、もう復活したというのか。

　一昨日は事前にたっぷり濡らされ、解されていたからすさまじい圧迫感に喘《あえ》ぐだけで済んだが、今の状態で突き入れられれば、狭いそこは切れてしまうかもしれない。じたばたともがいても、腰をしっかりと背後から捕まえられていては、とうてい逃げられない。

　蕾にむっちりと口付けていた先端が、秘めた入り口をこじ開け、少しずつ琳太郎の中にめり込んでくる。

「や…っ…！　そんな、無理っ、無理ぃっ…あ、あぁぁん——」

　びくんっと背をしならせ、甘い悲鳴を漏らしたのは、襲ってきたのが覚悟していた激痛ではなく、中を切り拓《ひら》かれる快感だったからだ。

今日、男のものを銜えさせられるのは初めてのはずの蕾はぴっちりと拡《ひろ》がって肉の刀身を受け容れ、敏感な内部は歓喜にざわめきながら璃綾を奥へ奥へと招き入れる。痛みも、軋みもせずに……まるで、自ら濡れているかのように。

「あ、あぁー…っ、は、あぁん！」

いや、本当に濡れているのかもしれないと、琳太郎は快感に染まりつつある頭でぼんやりと考えた。

さもなくば、まだ中で出されてもいないのに、物欲しげに蠕動《ぜんどう》する腹がくちゅくちゅと内側から水音をたてたりはしないだろう。いくら璃綾の雄が己の精液に塗《まみ》れていたとしても。

「うあ、あっ、あっ…あぁあ…っ…」

実際に見てはいない精液塗れの雄を想像すると、身体から強張りが抜けて、衝撃で萎《な》えかけていた性器もまた熱を纏い始める。璃綾はその隙を見逃さず、勃ちかけの性器ごと琳太郎の腰を鷲摑《わしづか》みにするや、己にぐっと引き寄せる。

「琳太郎、さん…っ…」

「やああっ…ああ、あああぁー……！」

雄と内壁が擦れ合い、蕩けあう、ぐず、ずず、ずぽおっという音に鼓膜を焼かれ、完全に脱力した身体を、璃綾が支えた。少しでも結合が浅くなるのを嫌うようにそのまま持ち上げられ、爪先が地面から僅かに浮き上がる。

「あ…、あ……」

挿入が始まってだいぶ経つと思うのに、滾り脈打つ雄が腹の中に入り込んでくる感触は未だに絶えない。

一体、どこまで琳太郎の中を侵すつもりなのか。いつまで潜り込み続けるつもりなのか。獣の交尾の体勢を強いられているせいで確かめることも出来ず、琳太郎はただ、扉に手を突いて耐えるしかない。

「も…、これ、以上は、駄目…お腹壊れる…」

「大丈夫…、安心して、琳太郎さん。貴方は私の可愛い子…私を受け容れて、壊れたりは絶対にしませんから…」

優しい声音を裏切る容赦の無さで腰を進めながら、璃綾は琳太郎のひくつく腹を乱れた長襦袢越しに撫でさすった。頑是無い子どもをあやすような手付きに、璃綾をいっぱいに孕まされた腹が、琳太郎の意志に関係無く嬉しげにうごめいて応える。

「…あっ、…あ、うあぁぁ…っ！」

腹の中のものの存在感に改めて圧倒され、仰け反《のぞ》った弾みで、扉に刻まれた竜と目が合った。

饗庭の祖先に奇跡の変若水を与え、饗庭の血を引く者以外が正面から入ろうとすれば、その爪と牙で引き裂く。饗庭家の守り神とも言える竜は、神聖な地下殿の入り口で義母と交わる琳太郎を、どう思っているのだろうか。そんな子孫が当主の座に就いて、怒りはしないのだろうか。

「琳太郎さん…こういう時に私以外のモノを見たら、いけませんよ…？」

「ひ…ぃっ…！」

項を吐息にくすぐられると同時に、ばちゅんっと一気に奥まで抉《えぐ》られ、とうとう扉から手が離れた。璃綾は成人した男の重みなどものともせず、軽々と琳太郎を抱きかかえたまま、背面から揺さぶりを開始する。

「あ…ぁぁ…っ、ん…っ！　だ…っ、め、奥…、深すぎる…ぅっ…」

「私の、琳太郎さん…貴方が可愛いから、教えて差し上げるんですよ…まぐわいの最中に余所《よそ》見《み》をすれば、よけいに、相手の熱を煽るのだと…」

——もっとも、私以外のモノとまぐわうことなど絶対に許しませんが。

しゃぶりついた耳朶《みみたぶ》に直接吹き込み、璃綾はがつがつと腰を突き上げる。

めちゃくちゃに揺さぶられ、琳太郎は摑まれるものを求めて手足を泳がせるが、虚《むな》しく宙を掻くだけだった。今、琳太郎を支えてくれるのは、背後から回された腕と、腹の奥底まで打ち込まれた肉の楔《くさび》のみだ。

けれど、地面に投げ出される心配は無いだろう。初めて交わった一昨日よりもいっそう深く、喉から胃がせり上がってきそうなほど奥まで貫かれた上、熟した切っ先で栓をされてしまっているのだから。

「愛しています、琳太郎さん…絶対に、貴方を放さない…！」

「…や…っ、あ…っ、あ、…あぁ…！」

腹の中で大きく脈打った雄が、びゅくんびゅくんと熱を解放する。

敏感な内側の肉でもひときわ感じやすい部分を狙《ねら》い澄ましたかのように、勢い良く精液を叩き付けられるや、半勃ちだった性器は重力に逆らって反り上がり、絶頂の証《あかし》を迸らせた。

腹の内側が沸騰するような熱はそれだけではとうてい治まらず、長い射精を終えた性器は、僅かな間を置き、今度はじょろじょろと黄金色の液体を漏らす。

ごくんと璃綾が唾を飲む気配がして、琳太郎は羞恥の涙を流しながら、ぷるぷると頭を振った。

「やー…、あっ、だ、め、見ないで…、も、ぐりぐり、しない、で」

中に出されて達したばかりか、お漏らしまでしてしまうなんて、信じられない。

恥を堪《こら》えて下肢に力を込めても、嵌《は》め込まれた璃綾を喰い締めてしまうだけで、放出は止められなかった。それどころか、さっきの感じる部分を硬い切っ先で抉りまくられ、抱えられた腰まで揺さぶられて、性器は宙をぶらぶらとさまよい、黄金色の液体をあちこちにまき散らす。

「う…っ、ふっ、うぇっ、えっ…」

惨めな放出がようやく収まると、目の奥がつんと痛くなって、今度は涙が溢れ出した。腹の中は璃綾とその精液でたぷたぷにされて、恥ずかしい液体に塗れて、ぐすぐすと泣いている。

自分でも嫌になるくらいみっともない姿だと思うのに、璃綾は厭《いと》うて身を離すどころか、いっそう深く琳太郎の中に入り込み、衰えを知らない雄で精液に満たされた中を掻き混ぜる。

「どうして泣くのですか？　私の、可愛い子…」

「…だ、って…こんな、恥ずかしい、こと…」

「琳太郎さんは、私に一番可愛い姿を見せてくれただけ。それのどこが恥ずかしいことなのですか？　ここには、私と貴方しか居ないのに」

「どこ…、が…」

答えがにわかには浮かばず、琳太郎は小さく首を巡らせた。涙の膜が張った瞳に映るのは、地下殿を囲む木々だけだ。しんと静まり返った空間に存在するのは、璃綾と琳太郎だけ。

——あの、青い光の揺らめく空間のように。

「ねえ？　何も恥ずかしくなどないでしょう？」

「…う…、ん……」

琳太郎はふらふらと揺れていた頭を、かくん、と前に倒した。

……そうだ。璃綾と二人だけなら…『おかあさん』と一緒なら、何も恥じなくていい。琳太郎のことなら、もう、全て知られているのだから。

「じゃあ…また、ここで私を受け容れて下さいますね？」

私たちは親子で、伴侶でもあるのですから。もっと情を交わし合って、蕩けあって、一つにならなければ……ねえ、そうでしょう?

蠱惑的《こわくてき》に囁き、璃綾はちゅっと項を強く吸い上げると、また緩やかに腰を使い始める。

更なる奥を貪欲に目指して腹の中を這い進むような突き上げに、琳太郎はひっきりなしに嬌声を零しながら、素直に身を委ねた。己の死角にある楡《にれ》の木の陰から、じっと窺う視線にも気付かずに。

考えなければならないことはたくさんあるはずなのに、璃綾と、璃綾がくれる快楽しか、今の琳太郎の頭には存在しなかったのだ。


——俺は本当に、何をやっているんだ。

村の小道をふらふらと歩きながら、琳太郎《りんたろう》は頭を抱えていた。ここに来てからもう何度も後悔したり、自己嫌悪に襲われたりしているが、今回は最悪だ。

「どうして、どうして遺産分割協議書に署名なんか……」

地下殿の前で前後不覚になるまで抱かれたのは、つい昨日のことだ。

璃綾《りりょう》は身体《からだ》の外も内側も汚れ、疲れ果てた琳太郎を邸《やしき》まで運び、風呂に入れ、布団に寝かせてくれたらしい。昏々《こんこん》と眠り続け、夜中にふと目を覚ましたら、清潔な布団の中、璃綾と並んで横たわっていた。

真夜中だったにもかかわらず、璃綾はふもとの街のホテルに滞在しているという弁護士を呼び付けた。そして、一枚の書類を用意させ、まだぼんやりとしている琳太郎に差し出したのだ。琳太郎は璃綾に促されるまま、寝ぼけ眼で署名し、判も押した。とにかくまだ眠くて、意識を保っているのがやっとの状態だった。

それが琳太郎が饗庭《あえば》家の全財産を相続するという内容の遺産分割協議書だったとわかったのは、今朝、村の世話役だという老人が邸を訪れ、恭しく告げたからだ。

『新当主様のご就任、まことにおめでとうございます。つきましてはこれより吉日を選定し、汲水《きゅうすい》の儀を執り行わせて頂きたいと存じますが、よろしいでしょうか』

面食らい、うんともすんとも言えない琳太郎の代わりに、璃綾が話を進め、汲水の儀は二日後に決定してしまった。

『なんでいきなり、汲水の儀をやることになってるんですか…⁉』

さっそく準備に取りかからねばと、世話役がいそいそと退出した直後、琳太郎は璃綾に問い質《ただ》した。だが璃綾は艶《つや》やかに微笑《ほほえ》んで琳太郎を抱き締め、頑是無い子どもをあやす口調で囁《ささや》いたのだ。

『だって琳太郎さん…昨日、おっしゃって下さったじゃありませんか。私のためにここに残り、当主になると…私のものをこのお腹に受け容《い》れて、何度も』

『……っ…』

『ただちに必要な処理を行うよう命じておきましたから、弁護士も饗庭家の全ての資産を亡き旦那様から琳太郎さんの名義に書き換えているはずです。もう、全て貴方《あなた》のものになったんですよ……饗庭家も、私も』

……確かに、璃綾に抱かれた記憶も、当主になると口走った記憶もある。

けれど、本当にその覚悟が固まっていたかと問われれば、そうではない。ただ、璃綾を一人にして、竜の罰を受けさせたり、宗司《そうじ》や村人たちに奪われたくない、その一心だったのだ。

まさか、こんなにも早く当主就任を迫られるとは――それだけ、饗庭家を巡る事情は差し迫っているのだろうか。一日も早く新たな当主が立ち、変若水《おちみず》を汲《く》んできてくれるのを待つ亜由美《あゆみ》のような顧客が多いということなのだろうか。

何だか背筋がぞっとして、一人で考え事がしたくなり、琳太郎はこっそりと邸を抜け出した。最初は生滝《なるたき》に行こうとしたのだが、村人たちが来ているかもしれないと思い、逆方向に足を向けたのである。

自分でこうして歩き回るのは、考えてみれば村を訪れてから初めてのことだ。

美容水のもたらす莫大《ばくだい》な富で潤っているのだから、さぞや栄えているのだろうと思いきや、歩けども歩けども田畑や古い民家ばかりだ。店の類《たぐい》は昔ながらの雑貨店があるくらいで、ゆっくり腰を落ち着けられそうな飲食店はおろか、コンビニすら無い。

「おやまあ、ご当主様。こんなところでどうなすった？」

茄子《なす》畑の手入れをしていた老人が琳太郎に気付き、声をかけてくる。見れば、畑では他にも何人かが作業しており、忙しそうに手を動かしつつも、琳太郎を興味津々と窺《うかが》っている。非常に居心地が悪い。

「いや…このあたりにはあまり店とかが無いなと思って…」

「ははっ、そりゃそうですわあ。若いもんは皆ふもとの街に下りちまって、ここいらに残ってんのは儂《わし》ら年寄りくらいですからなあ」

老人によれば、山道を車で一時間ほど下ったふもとの街は『ＥＶＥＲ』の企業城下町として賑《にぎ》わい、大型ショッピングモールなどもあるそうだ。父の葬儀に参列した半分以上は、そちらに移住した人々だという。

残った人々も、村の中だけでは用が足せず、役所などの行政施設もふもとの街に設置されているため、たびたび赴いているそうだ。

少し聞いただけでも不便な話だが、残った人々に、村を離れる気は無いのだという。

「儂らが豊かになったのは、竜神様のおかげ。若いもんたちは仕方ないが、儂らは竜神様と、饗庭のご当主様をお守りして、ここに骨を埋めるつもりですわ」

老人は琳太郎をじっと見詰め、祈るように両手を合わせた。

「先代様が亡くなった時にはどうなるかと思ったが、無事にご当主様が定まって本当に良かった。つつがなく汲水の儀をこなされますこと、お祈りしておりますぞ」

老人に合わせ、周囲の人々も深々と頭を下げてくる。かつては大蛇に誑《たぶら》かされた、不吉な忌《い》み子だと噂《うわさ》した琳太郎に向かって。父の葬儀の日でさえ、好奇と畏怖の視線を隠そうともしなかったのに。

そら寒さを覚え、琳太郎は小さく頭を下げると、挨拶も早々に畑を立ち去った。

だが、行く先々で遭遇する村人たちは皆決まって琳太郎の当主就任を祝い、一日も早く汲水の儀をと口を揃《そろ》える。中にはわざわざふもとの街から呼び寄せていたとおぼしき妙齢の娘を紹介し、ぜひお傍《そば》に置いて欲しいとせがむ者まで出る始末だ。

よく見ればそれは父の葬儀の日、璃綾を魔物だと評していた村人で、琳太郎は恐ろしくなった。

不吉な忌み子であろうと当主に据《す》え、血縁の娘を差し出そうとするほど、村人たちは竜神を…変若水のもたらす恩恵を欲している。饗庭の血を引いてさえいれば、当主は琳太郎でも宗司でも構わないのだ。

なりふり構わぬその熱意が、昨日は熱に飲まれてしまった警戒心を呼び覚ます。

——こんなにあっさりと当主の座に就くことを決めてしまって、本当に良かったのだろうか？

祖父母は琳太郎が来週には帰ると信じ、琳太郎の好物を用意して待っているはずだ。休み明けには、夏休みのイベントに参加出来なかった分、あちこちの書店やショップ巡りにサークル仲間たちを付き合わせるつもりだし、その前に課題も片付けなければならない。

いや…そもそも、大学生活を続けることが可能なのだろうか？

大学を辞めろとまでは言われまい。だが、村から祖父母の家までは片道五時間。変若水を汲むという義務は、この村に住んでいなければ果たせないだろうから、一時限目から必修単位の詰まっている一年生では、通学は不可能だ。辞めざるを得なくなるだろう。

つまり、このまま汲水の儀を終えて正式な当主になれば、待っているのは辺鄙《へんぴ》な村で、不気味な村人たちに囲まれる暮らしだ。不思議にひんやりとした、あの青い空間を思い起こさせる邸で、濫《らん》と、璃綾と一緒に……。

そこまで考えて、あれ、と琳太郎は首を傾《かし》げた。

…どうしてだろう。そんな生活にまるで抵抗を感じないのは。コンビニも書店もグッズのショップも無い環境なんて、ここに来るまではまっぴらだと思っていたのに。

…璃綾を想《おも》うだけで、心も身体もゆるりと解けて、他はどうでも良くなる。あの青い空間からいきなり現実の世界に放り出され、『おかあさん』を求めて泣きじゃくっていた幼い頃のように。

「おかあさん…璃綾さん…」

偶然とは思えないほど良く似た二人。

もしもあの青い空間で、『おかあさん』が璃綾と同じ行為に及んでいたとしたら…自分はどうしていたのだろうか。璃綾がそうしてくれたように、『おかあさん』とも一つに溶け合っていれば、離れずに済んだ？

ぼうっと歩いているうちに、空気にほのかな水の匂いが混じり、琳太郎は足を止めた。ちょうど、足元の植え込みに埋もれるようにして太い木の杭《くい》が突き刺さっており、その側面には『この先菖蒲沼《あやめ》。進むべからず』と所々かすれた文字で記されている。

どくん、と心臓が跳ねた。

菖蒲沼は琳太郎が母と共に落ちた沼だ。母は遺体になって沼に浮かび、琳太郎は三年間村から姿を消し、歳《とし》を取らぬまま戻って来た。父や村人たちは、琳太郎が沼に棲《す》む大蛇に魅入られ、神隠しにされていたのだと噂した。

村にも、琳太郎にとっても不吉極まりない場所だ。引き返すべきだと理性は警告するのに、足が勝手に動いた。草の生い茂った道は草履ではとても歩きづらいが、生滝へ通じる山道と違い平坦なので、十分も進めば目的の場所に辿《たど》り着く。

「ここが…、菖蒲沼……？」

竜神が大蛇を封じたと伝わるだけあって、大きな沼だった。大きさだけなら湖と言っても通りそうなのに、あえて沼と呼ばれるのは、水面が紫色によどみ、落ちたら最後、二度と浮かび上がって来れないようなおどろおどろしさを放っているせいだろうか。それでいて進入禁止の柵や標識の類が無いのは、何も言われずともここに近寄る者など居ないということだ。

陽光にきらめいていた生滝とは対照的に、太陽の光さえも吸い込んでしまいそうな水面に、琳太郎はふらふらと近付いた。ここで母が死んだとわかっていても、恐怖を少しも感じない。むしろ、ばくばくと脈打っていた心臓が穏やかさを取り戻して、不思議と懐かしい気分になる。それも、当然なのかもしれない。琳太郎もまた、十八年前、母にここへ連れて来られていたのだから。

「…でも、どうして…？」

水面を眺めていると、今更ながらの疑問が湧《わ》いてくる。

十八年前、母は何故《なぜ》、誰も近付きたがらない忌み沼などに行ったのだろうか。しかも、まだ幼い我が子を連れて。村の生まれではなくても、ここが危険な場所であることくらいわかっていたはずなのに。

「琳太郎」

「…っ、濫、さん…？」

生い茂った草を踏み分けて現れた姿に、琳太郎は目を瞠《みは》る。

濫に会うのは、実に二日ぶりだった。濫は邸に居たのだろうが、琳太郎がずっと璃綾に抱かれ続けていたせいで、顔を合わせる暇すら無かったのだ。

…いや、鋭い濫のことだ。義弟が自分の母親とそういう関係に陥ったと知って嫌悪を抱き、いつの間にか距離を取られていたのかもしれない。だとしたら、こんなところまで追いかけてきたのは、禁忌を犯した琳太郎を糾弾《きゅうだん》するためか。

「お前の父親を死なせた犯人を、知りたくはないか？」

「は…あ…っ？」

予想外の問いかけに、琳太郎は唖然《あぜん》とした。濫は何を言っている？　父の理一郎《りいちろう》は心筋梗塞で死んだ。病死だ。死なせた犯人など、存在するわけがない。

「勿論《もちろん》、直接手をかけたのではないが…お前の父親は、璃綾を後添えにしたせいで死んだのだ。あの毒蛇に、精根を残らず吸い尽くされてな」

「な…っ！　濫さんまで、璃綾さんが男の精を吸う魔物だとでも言うつもりですか⁉」

「そうだ」

あっさり肯定されてしまうと、戸惑いが憤りに取って代わってしまう。いくら仲が険悪でも、濫と璃綾は親子だ。何故、ここまで……？

「親子だからこそ、看過出来ないと思った。自ら望んであの毒蛇に溺《おぼ》れた先代当主だけならまだしも、お前まで毒牙にかけられるのを見過ごすわけにはいかない」

「俺が…、毒牙って、どういうことですか…」

「あいつは饗庭家の全てを手に入れるために先代当主を誑かし、あいつ以外の何も考えられないほど溺れさせた。その結果、力尽きた先代当主の心臓は止まってしまった。あいつがお前に優しいのも、お前に快楽を仕込むのも、死んだ先代の代わりに利用するためだ。饗庭の血を引く男子で、宗司よりはずっと御しやすいお前をな」

「……嘘《うそ》だっ！」

だって、璃綾は言ったのだ。『初めて』だと。滾《たぎ》る雄で柔な蕾《つぼみ》を貫き、腹の奥まで押し入って精を放ったのは、琳太郎だけ。亡き父には、やらせなかったと……。

「璃綾さんはそんなことしない！　璃綾さんは、璃綾さんは…っ」

「…ならば、証拠を見てみるか？」

濫はふうっと溜息《ためいき》をつき、琳太郎と強引に手を繋《つな》ぐと、ずかずかと歩き出した。

琳太郎が何度呼びかけようと一言も喋《しゃべ》らず、饗庭の邸に到着するや、築地塀《ついじべい》をぐるりと回って庭師用だという小さな勝手口へ引っ張って行かれる。この勝手口からなら、誰にも見咎《みとが》められずに中庭に回り、前もって開錠されていた濫の部屋の窓経由で邸内に侵入出来るのだ。

「こっちだ」

濫は以前、宗司が通されていた応接間を通り過ぎ、隣の部屋に入ると、階段状の踏み台を押入れから出してきた。それを応接間へ続く襖《ふすま》の前に設置し、琳太郎を振り返る。

「ここに乗って、欄間から隣を覗《のぞ》いてみろ」

「……………えっ？」

「そうすればわかるはずだ。私の言葉が正しいとな」

強い眼差《まなざ》しに促され、琳太郎は単《ひとえ》の裾をからげて踏み台に乗った。松竹梅の彫られた欄間の隙間《すきま》をそうっと覗き込むや、信じられない光景が視界に飛び込んでくる。

「義姉《ねえ》さん…、義姉さん……」

片膝を立て、脇息にもたれて座る璃綾の足袋の爪先に、ひざまずいた宗司がはあはあと息遣いも荒くしゃぶりついている。

璃綾は柳眉を顰《ひそ》めてこそいるが、抵抗をするでもなく、宗司の好きにさせていた。いつもの上品な佇《たたず》まいとは程遠い、行儀の悪い姿勢でも、その美貌は微塵《みじん》も損なわれない。大の大人である宗司を侍《はべ》らせていると、どこか女王然とした威厳さえも漂う。

あんな璃綾を、琳太郎は知らない。

琳太郎の知っている璃綾は、美しくて、いつでも優しくて、琳太郎以外の者には指一本触れさせないほど貞淑で……。

「どうして、あんな若造如《ごと》きを選ぶんだ…俺の方がずっと、ずっとあんたに、尽くしてきたのに…っ！」

こんなふうに恨みがましく、情念みどろに訴えられれば、私には可愛《かわい》い子どもが居るのだから離れなさいと突き放すはずだ。なのに、璃綾は無礼者を咎めるどころか、なだめるように語りかける。

「…何度も申し上げたでしょう？　琳太郎さんが当主の座に就くことは、旦那様のご遺志。私はそれに従っただけに過ぎません」

「嘘をつくな…！　俺は、兄貴から『ＥＶＥＲ』の経営権を譲り受ける時、遺言書も書かせてたんだ。兄貴の死後は、俺を当主に指名するようにな。俺が同席して、公証役場まで持って行ったんだから間違いない。…なのに、半年前に作成されただと？　もう兄貴は持たないと判断したあんたが、自分に都合のいい遺言書を書かせたに決まってる！」

宗司は璃綾の爪先を摑《つか》んだまま、勢い良く上体を起こした。見付かってしまうとうろたえ、琳太郎は慌てて姿勢を低くしたが、幸いにも宗司には周囲を気にする余裕など無いようだ。さっきまでとは違う、潜めた話し声がすぐに聞こえてくる。

「…なあ、義姉さん…あんたも、あのことを知ってるんじゃないか？」

「あのこと…？　なんのことです？」

「琳太郎の母親のことだ。あんたもあのことを知っていたから、兄貴に遺言書の書き換えなんてさせたんだろう？」

とっさに押さえた掌《てのひら》の下で、心臓が大きく弾んだ。

一瞬、ぼやけた頭に、覚えの無い映像がインクの染みのようにじわっと広がる。琳太郎をしっかと抱え、夜の暗闇を必死に疾走する母。その後から追い縋《すが》ってくる、鬼の形相をした男。

あれは――。

「何をおっしゃっているのか、私にはわかりかねます」

「俺とあんたの仲で、今更とぼけるのは無しにしようや。なあ、あの若造はちょっとばかり見た目はいいかもしれんが、それだけだぞ。俺なら、饗庭家も『ＥＶＥＲ』も今まで以上に盛り立てていける。…あんただって、あの若造がものになるかまだわからないから、俺を拒まないんだろう…？」

璃綾の足首をいやらしく撫《な》で回していた宗司が、にやりと笑い、その手を更に上へと這《は》わせていく。

琳太郎が見ていられたのは、そこまでだった。脚に力が入らなくなり、ぐらりとよろめいた琳太郎を、踏み台から転げ落ちる寸前で濫が支えてくれる。

すみませんと言おうとしたら、濫は黙れとばかりに唇に指を添え、琳太郎を廊下の奥の暗がりに連れ込んだ。薄闇の中でも清冽《せいれつ》な濫の双眸《そうぼう》が、震える琳太郎を鋭く射抜く。

「濫さん…、今、のは…」

「…今に始まったことじゃない。あいつらは、お前の父の存命中から出来上がっていた。もっとも、最初にあいつを利用しようと仕掛けてきたのは宗司の方だが…逆に絡め取られて、今ではあの有様だ」

「どっ…、して…璃綾さんは、…俺だけ、って…」

「それがあいつの常套《じょうとう》手段だ。あいつに優しくされて、貴方だけとさえずられれば、誰でも堕《お》ちる。宗司も、お前の父親も…村の男たちも」

はっと目を見開いた琳太郎に、濫は束《つか》の間憐憫《れんびん》を滲《にじ》ませたが、更なる残酷な現実を突き付けた。

「この邸で働いている使用人の男は、ほとんどがあいつに誑《たら》し込まれている。そうでもなければ、夫を亡くしたばかりの先代の妻とその義理の息子が邸内で堂々と関係を持って、村じゅうに広まらないのはおかしいだろう」

「…………」

「いい加減、お前にもわかっただろう？　あいつはお前が信じているような、優しい奴《やつ》ではない。どこもかしこも黒いんだ。真っ黒なんだ」

やたらと『黒』を強調した濫は、摑んだままの琳太郎の手を強く握り込み、白皙《はくせき》の面をずいっと寄せてくる。

「あいつはお前に相応《ふさわ》しくない。どれほど誠実な愛情を捧《ささ》げられようと、打算しか返さない奴だ」

「…で…、も……、でも、俺…は…っ！」

あんな光景を目撃してもなお…いや、目撃してしまったからこそ、狂おしい感情が次から次へと湧き出て、胸の奥底で荒れ狂う。

璃綾は嘘をついていた——違う、琳太郎だけだと言ってくれた。

璃綾は琳太郎以外の男にも触らせていた——でも、璃綾から触れていたわけではない。

璃綾は父が死ぬ前から宗司と関係を持っていた——だが、琳太郎と出会う前のことだ。

信じたいと思えば否定が、否定しようと思えば信じたい気持ちが生まれ、せめぎ合う。何が正しくて何が間違っているのか。考えようとすれば、思考にはさっきの映像が混ざり込んで、ぐちゃぐちゃになる。

……母と自分を追いかけてきたあの男は誰だ？　母の死は事故ではなく、誰かに追いかけられた末の悲劇だったのか？　それとも、あまりに衝撃的な光景を見せ付けられた反動で、頭が妄想を生み出しているだけなのか？

「……認められないのならば、それでもいい。今は、まだ」

濫は深い息を吐き、その細身には似つかわしくない力で琳太郎を横向きに抱え上げた。そうされて初めて、琳太郎は自分ががたがたと震えているのに気付く。

頭の芯が沸騰したかのようだった。鈍い痛みとさっきの光景、そして母と自分を追いかけてくる男の靄《もや》がかった顔が、鼓動に合わせ、入れ代わり立ち代わり襲ってくる。熱が出てしまったのかもしれない。

「私はあいつとは違う。あんな穢《けが》れた真似《まね》など決してしないし、お前を守り、正しい場所へ導いてやりたいと思っている。だから……」

「濫…、さん…」

「私を選べ。そうすれば、お前は全ての憂いから解放されるだろう」

託宣を下す神子さながら、濫はおごそかに告げ、しっかりとした足取りで歩き出す。

自室まで運ばれ、使用人を呼んで敷かせた布団に横たえられたところで意識が暗転し、琳太郎は深い眠りに飲み込まれた。


だから、そこから先は、きっと夢の中の出来事に違いない。

夜闇の中、雷と暴風雨を纏《まと》わせ、白くまばゆい光の結晶と、底知れぬ黒い闇の塊が浮かんでいる。互いの中心で睨《にら》み合っているのは、濫と璃綾だ。

「私を出し抜いて、余計な真似をしてくれましたね…。贄《にえ》の傍に居て、少しばかり力が回復したのが、そんなに嬉《うれ》しかったのですか？」

「お前が琳太郎を裏切り、不貞を働くのが悪いのだろう？　可哀想《かわいそう》に、琳太郎はお前に騙《だま》されていたと知り、泣いていたぞ。熱が冷めたら、お前のような穢れ毒蛇など要らないと言い出すかもしれんなあ」

「あれのどこが不貞だっ！　木偶《でく》に指示を与えていただけではないか！」

璃綾が常の冷静さをかなぐり捨てて叫ぶのに合わせ、黒い闇が大きくうねり、波濤《はとう》となって濫に襲いかかる。

夢だとわかっていても一目散に逃げ出したくなる一撃に、だが濫は怯《ひる》まず、己の纏う光を翼のように広げることで受け止め、飛散させた。対峙《たいじ》する二人の周囲で絶え間無く走る稲妻が、闇を白く染め上げる。

「お前は人心を操ることに長《た》けているくせに、肝心の琳太郎の心はまるでわからないのだな。我が贄として生まれ、神の精を受けたとはいえ、琳太郎はまだ人間だ。あんな場面を見せ付けられれば傷付くし、疑心が暗鬼を生じさせもする。愛《いと》しい者相手に、よくもそんな非道を働けるものだ」

「…そうと知っていて見せた貴方は、非道ではないと？」

「否定はしない。だが、使える手段は全て使わねば、お前には勝てまい」

濫は傲然《ごうぜん》と言い放ち、己の左胸をそっと押さえた。まるで、そこにあるそよ風にも耐えぬか弱い一輪の花をいたわり、守るかのように。

「私と一つになれば、琳太郎が受けた傷は癒《いや》され、穢れも浄化される。未来永劫《えいごう》、苦しむことも傷付くことも無い」

「だから、今は傷付けても構わないと？　ご立派なことだ。いかにも、生まれながらの神らしいですね」

ハッ、と鼻先で嗤《わら》う璃綾に、濫はぴくりと眉を寄せる。

言葉の代わりに光と闇をぶつかり合わせ、雷を乱舞させていた時間は、そう長くは続かなかった。ひときわ太い稲妻が落ちていった先を見遣《みや》った濫が、口元を歪《ゆが》める。

「…これ以上は人の世に影響が出過ぎる。決着は、汲水の儀でつければいい」

「琳太郎さんは、私の子であると同時に、伴侶です。貴方には絶対に渡しません」

「琳太郎は我が贄。私と一つになることが運命だ。誰であろうと、運命には抗《あらが》えない」

濫は宣告し、白い光と共に姿を消した。

と、次の瞬間、琳太郎は自分が布団の中で目を見開き、天井を見上げていることに気付いた。閉ざされていた襖が音も無く開き、誰かが入ってくる気配がする。

「琳太郎さん……」

濡《ぬ》れた囁きと、縋るように琳太郎の手を握り締めてくる肌の冷たさは、とっさに瞼《まぶた》を閉ざしていても、璃綾のものだとすぐにわかった。さっき夢に見たばかりの人物がすぐ傍に居るなんて、これは夢の続きなのだろうか。

「ごめんなさい、琳太郎さん…」

悲しみに染まった懇願に、すぐにでも跳ね起き、許しの言葉をかけてやりたくなる。

だが、一旦閉ざしてしまった瞼は、糊《のり》で接着したように動いてくれない。それに、今は璃綾と顔を合わせたくない。宗司に触れるのを許した璃綾なんてもっと悲しめばいい、とどこか意地悪く思う自分も居るのだ。

「貴方だけ…私には、貴方だけなんです。どうか、信じて下さい…」

じゃあ、どうして叔父さんなんかに触らせたの？　俺だけ、って言ったのは、嘘だったの？

……璃綾さんは、本当は、何を考えているの？

聞きたいことは山ほどあるのに、未《いま》だに頭に居座り続ける鈍い痛みと熱が、まともな思考を奪っていき…再び眠りの世界に落とされるまで、時間はほとんどかからなかった。


「…ご当主様、ご当主様」

「どうかお目覚め下さい、ご当主様」

「う……、ん…？」

左右から何度も呼びかけられ、重たい瞼をやっとの思いで上げると、琳太郎を覗き込んでいた使用人は安堵《あんど》に頬を緩ませた。しかし、二人はすぐに表情を引き締めると、首元までかけられていた布団をがばっと剝《は》いでしまう。

「…な…っ、何っ…――」

両側から強引に起き上がらされたかと思えば、着せられていた寝間着の浴衣まで脱がされそうになり、琳太郎は慌てて身を引いた。だが、二人は突然の無礼を詫《わ》びるどころか、非難さえ滲ませ、琳太郎を急《せ》かしてくる。

「刻限が迫っております。早くお召し替えを済ませませんと」

「ご一族の皆様…奥方様や濫様、宗司様も、既に地下殿の前に到着なさっています。ご当主様がおいでにならなければ、汲水の儀は始まりません」

「──っ？」

頭にかかっていた霧が、一気に晴れた。丸窓の外には晴れた夏空が広がっている。てっきり、濫に自室へ運ばれた翌朝だと思っていたのだが…。

「まさか…、俺、あれから二日間、ずっと眠ってたんですか…？」

「はい。おっしゃる通りです。奥方様がご当主様の体調を心配され、儀式の始まる直前まで休ませて差し上げるようにと」

「ですが、そろそろお支度をなさらなければ、間に合わなくなってしまいます。儀式は太陽が中天に差し掛かると同時に始められるそうですから」

お早く、と再度催促され、琳太郎は布団を出て、自ら浴衣を脱いだ。眠っていたのは琳太郎の感覚ではほんの一瞬だったのに、二日も経過していたなんてにわかには信じ難いが、そうしないと無理矢理裸に剝《む》かれそうで怖かったのだ。

二人の使用人は、琳太郎の心配が杞憂《きゆう》ではないと証明するかのような手早さで、琳太郎に白絹の単と袴《はかま》を着せつけていった。装飾の類は一切無い白一色の装いだが、肌に吸い付く生地のなめらかさは、本物の白絹でなければ出せないものだ。

最後に、柄《つか》の部分に家紋を彫った白鞘《さや》の短刀を袴に差し、着付けを終えると、使用人たちは深々と一礼して退出していった。入れ替わりに現れたのは、紋付袴に身を包んだ村の世話役だ。

「おお、ご当主様…とても良くお似合いでいらっしゃいます。これならきっと、竜神様も新たなるご当主様を祝福して下さるでしょう」

「あ、あの…」

「ささ、急いで下され。太陽が中天に昇るまで、そう間がありません」

世話役は琳太郎に質問の暇も与えず、せかせかと歩き出した。

当主を地下殿に送り届けるという使命感に漲《みなぎ》るその背を反射的に追いかけ、玄関から外に出たとたん、ざざざっと音をたて、黒い波がうねり、琳太郎は思わず立ちすくんだ。波の正体が黒紋付を纏った人間の男たちだと理解したのは、彼らが下げていた頭を一斉に上げた後だ。

村の男たちにしては、半数以上が若者なのはおかしい。それに、ふもとの街から参列者を呼び寄せたにしても、大勢居すぎではないだろうか。ざっと見た限りだが、琳太郎の大学の一クラスよりも多そうだ。

疑問が面に出ていたのか、世話役が誇らしげに教えてくれた。

「宗司さんが、『ＥＶＥＲ』の若い衆を手伝いに寄越して下さったんですよ。儀式には饗庭家以外の女は参列出来ない決まりだもんで、村の男衆だけじゃ心許《こころもと》無《な》いとおっしゃって。村の男衆は、先に地下殿の方へ行っとります」

「宗司さんが…？」

「甥御《おいご》の門出を、少しでも華やかにしてやりたいと思われたんでしょう。ありがたいことですな」

世話役は宗司の厚意を信じて疑わないようだが、琳太郎はそうもいかなかった。

自分に当主の座を譲れと居丈高に迫ってきた上に、追い出してやるなどと不吉な捨て台詞《ぜりふ》まで吐いて去ったのだ。村人たちを儀式に参列出来ないよう邪魔をするならまだしも、わざわざ手伝いに寄越したりするだろうか。

しかも、宗司は……璃綾を……。

「ご当主様、こちらへ」

琳太郎の葛藤など知るよしも無い世話役が再び歩き出し、琳太郎もつられて後を追えば、『ＥＶＥＲ』の社員だという黒紋付の集団も一斉に前進を始めた。これだけの数の若い男に無言で付いて来られると、すさまじい圧迫感に襲われ、いつもの琳太郎なら物陰に逃げ込んでしまったかもしれない。

だが今、琳太郎の頭を占めるのは、美しくも妖しい横顔だけだ。

邸に到着したばかりの琳太郎をあれほどいたわってくれた璃綾が、大切な儀式のためとはいえ、二日もの間熱を出して寝込んでいた琳太郎を放って行ってしまったなんて、信じられない。いや、信じたくない。

『あいつはお前が宗司との関係に勘付き、今更当主にならないなどと言い出されないために、顔を合わせるのを避けているんだ』

頭に巣食った不安が濫の形を取り、それみたものかと憐《あわ》れみを滲ませる。

『お前は騙されているんだ。今なら間に合う。私を呼べ。私は決してお前をたばかったりはしない』

たぶん、濫は正しい。理屈ではなく、本能がそう感じている。濫の差し出す手を取り、璃綾のことなど忘れてしまえば、こんな不安はたちどころに霧散し、安寧を得られるのだろう。

……でも、琳太郎が欲しいのは……。

『琳太郎さん。私の可愛い琳太郎さん』

……ずっと、傍に居て欲しいのは……。

『私が可愛いのは、貴方だけ。私の子…』

こみ上げてくる切なさを堪《こら》えては飲み下すのを、何度繰り返した頃だろうか。

二日前もくぐった森を通り抜けた先、地下殿の前庭は、奇妙な静寂に支配されていた。しわぶき一つたてず、ずらりと居並んでいた村の男たちが、世話役と琳太郎が姿を現すや一斉に地面に跪《ひざまず》く。

ここまで付き従ってきた『ＥＶＥＲ』の社員たちや世話役も彼らに倣《なら》ったため、立っているのは琳太郎と、地下殿の扉の前に佇む三人——璃綾と濫、そして宗司だけだ。璃綾は喪服を、宗司と濫は黒紋付を纏っているので、黒に埋め尽くされた中、一人だけ白を纏う琳太郎は鴉《からす》の群れに迷い込んだ白鷺《しらさぎ》の如く目立つ。

「ご当主様…お待ちしておりました。こちらへ参られませ」

恭しく促してくる璃綾に、二日前と変わった様子は見付けられなかった。視線が重なった瞬間、切れ長の目が痛みを堪えるように細められた気もしたが、それもただの見間違いかもしれない。

あれはどういうことなんですか？　俺だけだって…俺が『初めて』だって言っていたのは、嘘だったんですか？

危うく喉元まで出かかった糾弾を飲み込み、琳太郎はのろのろと璃綾たちの前まで進み出た。

「地下殿の鍵でございます」

璃綾が差し出してきた足付きの折敷《おしき》には、饗庭家の家紋が彫り込まれた、青銅製とおぼしき鍵が載せられていた。

芸術の類に疎い琳太郎でも感嘆するほど精緻《せいち》な細工は、古美術品としても相当な価値がありそうだが、鍵としての造りはさほど複雑ではない。現代ならいくらでも複製して悪用出来そうなのに、そういった被害を聞いていないのは、やはり人智《じんち》の及ばない何かが地下殿を守っている証《あかし》のように思えて、背筋がぞっとする。

「これより地下殿の扉を開け、竜神様より授かりし変若水を汲んできて頂きます」

璃綾が合図すると、濫が真新しい手桶《ておけ》を運んできた。中身は空っぽで、木製のひしゃくが一本立てかけられている。これで変若水を汲めということだろう。

「水源までの供人は俺が務める。地下殿の扉をくぐれるのは、饗庭の血族だけだからな」

「は…っ…⁉」

宗司の思いがけない申し出に、目を剝いているのは琳太郎だけだった。璃綾も濫も、宗司が琳太郎に害意を抱いているのは知っているはずなのに、今にも太陽を中天に迎えようとする空をちらちらと見遣るばかりで、異議を唱えようとはしない。琳太郎の安否よりも、儀式が無事に始まることの方が重要なのだろうか。

……誰よりも大切だって…一番可愛い子だって、言ったくせに……。

自分がひどく無価値でちっぽけな存在になってしまったようで、濫の忠告がにわかに信憑《しんぴょう》性《せい》を帯びてくる。

璃綾は本当に、琳太郎を御しやすい道具として利用するためだけに当主に押し上げようとしているのだろうか。当主にならない琳太郎には、何の価値も無いと？

『ずっと一緒ですよ……私の、愛しい琳……』

あの青い光の揺らめく空間で、何度もそう甘く囁いてくれたのに…？

「なんだ。何か不満でもあるのか？　琳太郎」

苛立《いらだ》ちの滲んだ宗司の問いかけで、琳太郎ははっと我に返り、囚《とら》われかけていた脳内の幻影を追い払った。

そっくり同じ顔をしていても、璃綾と『おかあさん』は違うのに、どうしてこんなにも二人は重なるのだろう。……どうして、今すぐにでも璃綾に抱き締めて、可愛い可愛いとあやしてもらいたくなるのだろう。璃綾は琳太郎を、ただの道具としてしか見ていないかもしれないのに。

「……何でもありません。行きましょう」

しつこく纏わり付く心の声に耳をふさぎ、琳太郎は鍵と手桶を持ち、竜の刻まれた扉の前に立った。

溶接されたようにぴったりと閉ざされていた金属製の扉は、琳太郎が錠前を開錠し、軽く押しただけで、ギギギっと軋《きし》んだ音をたてながら開いていく。

ヒョオオオオ……。

ぽっかりと現れた暗闇から、薄い単一枚では鳥肌が立つほど冷たい風が、僅かな水気を孕《はら》んで吹き上げてきた。いくら涼しい饗庭家の敷地内であろうと、真夏では決してありえない冷気に、世話役や村の男衆が恐れ入ったように頭を地に擦《こす》り付ける。

「……俺が先導しよう。お前は後から付いいて来い」

宗司もさすがに顔を強張《こわば》らせていたが、すぐに気を取り直して扉の奥へと踏み込んでいった。宗司のかざした手燭《てしょく》にぼんやりと照らし出された下りの石段は、光の届かない闇へと続いており、底が見えない。

「忘れるな」

ごくりと息を呑《の》み、宗司に続こうとした琳太郎の耳に、濫の囁きが届いた。はっと背後を振り返るが、濫は璃綾と分担して扉が閉まらぬよう固定しており、唇は引き結ばれたままだ。なのに、その声ははっきりと聞こえてくる。

「私はお前を守る。助けが欲しければ、毒蛇などではなく、必ず私を呼べ」

「…濫さん…？」

「琳太郎、早くしないか」

思わず引き返しそうになった琳太郎は、だが、宗司に苛立った声をかけられ、後ろ髪を引かれる思いで薄闇に飛び込んだ。数段下で待っていた宗司は、琳太郎が追いつくと、ふんっと尊大に鼻を鳴らし、また石段を下り始める。

「今更、怖気《おじけ》づいたんじゃないだろうな。腰を抜かして泣きじゃくるのは、儀式を終えてからにしろよ」

相変わらずの嫌味を連発する宗司は、甥の当主就任を祝福したがっているようにはとても思えず、頭はこんがらかる一方だった。言い返す気も起きず、黙ったまま歩を進めていると、忌々しげな舌打ちが響く。

「本当に可愛げの無いガキだ…母親にそっくりだな。だから、兄貴にあんな目に遭わされたんだ」

「……父さんが、…何を？」

二日前の記憶がよみがえり、琳太郎は石段を踏み外しそうになりながら駆け下りた。

『…なあ、義姉さん…あんたも、あのことを知ってるんじゃないか？』

宗司は亡き父の弱みを摑んで脅迫し、『ＥＶＥＲ』の経営権を譲渡させたばかりか、自分を次期当主にするという遺言書まで作成させたと言っていた。そして、璃綾もその弱みを知っていて、遺言書を死の直前に書き換えさせたとも。

村の絶対的権力者であった父がそこまで追い詰められ、言いなりにさせられる…それも母に絡んだ弱み。

嫌な予感が押し寄せ、背筋を冷たい汗が伝い落ちる。あの時、脳裏に浮かび上がった映像――琳太郎と母を追いかけてくる、鬼の形相をした男。母は普通なら誰も近付きたがらない菖蒲沼に迷い込み、命を落とした。

もしも…もしもあの映像が実際の出来事だったとしたら、母を死なせたのは……。

「教えて下さい…父さんは母さんに、何をしたんですか⁉」

「くく…っ、くっ、くくくっ…」

先回りして正面から睨み付けると、宗司はさも愉快そうに笑い出した。琳太郎を取り乱させることが叶《かな》い、嬉しくてたまらないようだ。手燭の炎に描き出されていた二人分の影が、岩壁でめちゃくちゃに揺れている。

「…叔父さん…？」

「くくっ…、考えてみれば、お前も憐れなものだな。せっかく嫡子に生まれついたのに、兄貴が血迷ったせいで追い出された挙句、こんなことに…はは、ははははっ…」

「何が言いたいんですか？　笑っていないで答えて下さい！」

「知りたければ……付いて来い」

宗司は琳太郎を押しのけ、踊るような足取りで更なる深部へと下ってゆく。岩壁を舐《な》め上げる風は、下れば下るほど強く吹き付けてくるのに、薄紙に囲われただけの手燭の炎を吹き消すことは無い。

「待って…っ…！」

ともすれば薄闇に塗《ぬ》り潰《つぶ》されそうな背中を、琳太郎は必死に追いかけた。冷たい風になぶられているのに、単の下の肌にはあっという間に汗が滲み、息も上がる。

この地下階段は、一体どこまで続いているのだろう……。

もうずいぶん下りたはずだが、まだ終わりが見えない。現代でも容易ではないだろうに、技術の未発達だった遠い昔に、どうやったら硬い地盤をこれほど深く掘り抜くことが出来たのだろうか。饗庭の血族以外は無慈悲に切り裂くという、竜の牙と爪なら、可能なのかもしれないが。

竜の鋭いあぎとからその底知れぬ体内に、するすると飲み込まれていくかのような錯覚に囚われそうになった時だった。視界がいきなり開けたのは。

「…おお…っ、ついに……！」

宗司は手燭を放り捨て、歓声を上げながら突進していく。唯一の頼りであった炎は地に叩《たた》き付けられ、消えてしまったが、困ることは無い。忽然《こつぜん》と現れた、父の葬儀を執り行った大広間ほどの広さの空間は、岩壁全体が淡く発光し、自らあたりを照らしていたから。

「ここが…、生滝の、水源？」

空間の奥にこんこんと湧き出る泉は、拍子抜けするくらいに小さかった。邸の中庭にある池とたいして変わらないだろう。

飛沫《しぶき》をまき散らしながら噴き上げる水は岩壁の光を宿して輝き、幻想的な光景を作り出していた。

あれが淵上《ふちがみ》村と饗庭家に莫大《ばくだい》な富をもたらした奇跡の水——変若水のはずだ。

だが、琳太郎の意識を捉えたのは竜神の恩恵ではなく、泉の前に組まれた、小さな白木の台座だった。それが祭壇だと思ったのは、両端に真榊《まさかき》が立てられていたからだ。

ただし、中央に祀《まつ》られているのは、神体としてはあまり相応しくないもの……飴《あめ》色の艶を帯びた、大振りの瓢《ひょう》簞《たん》だった。くびれた部分は朱の房紐《ひも》で括《くく》られ、よく見れば吸い口には栓が嵌《は》められている。用途は水筒らしい。

「変若水…っ、変若水だ…。はは、ははは…こんなに…」

宗司は祭壇には見向きもせず、泉に手を突っ込み、ばしゃばしゃと飛沫をたてている。

水遊びをする子どものような行動とは裏腹に、その目は欲望に暗く濁っており、琳太郎はおぞましさに身を竦《すく》めながら詰問する。

「…約束です。教えて下さい、叔父さん。父さんは…先代は、どんな罪を犯し、貴方に脅されていたんですか？」

「ふ…、ふふふっ…。そうだな…、もう教えてやっても良かろう」

宗司はくるりと、道化じみた動きで振り返った。傷だらけの獲物をいたぶる猫にも似た笑みに、悪寒がこみ上げる。

「お前の父親はな。自分の妻を…お前の母親を、殺したのよ。息子を抱いて逃げ惑う妻を菖蒲沼まで追い詰め、息子もろとも突き落としたのだ」

「…あ…っ…！」

思い出したばかりの映像の中で、母と自分を追いかけてくる男の顔にかかっていた靄が、急速に晴れていった。遺影よりもずっと若いが、あれは――父だ。

『…置いていけ…』

同時に、呪詛《じゅそ》めいた怨嗟《えんさ》の声までもが脳裏によみがえった。祖父母に引き取られてからは電話で話したことすら無いが、わかる。父、理一郎の声だ。

『ソレは生贄だ…俺は、ソレの血肉を竜神様に捧げなければならないんだ…！』

『貴方は狂ってるわ！　そんなこと、出来るわけがない！』

抜き身の刃を振り下ろそうとする夫から、まだ若い母は我が子をすんでのところで奪い返し、逃げ出した。使用人や村人に助けは求められない。皆、饗庭の当主の言いなりだ。

だったら遠くへ、夫が追って来られないほど遠くへ逃げなければ。

母は勇気を振り絞り、忌み地である菖蒲沼に逃げ込んだものの、理一郎はそこまで追って来た。そしてとうとう、琳太郎を抱いたまま、沼に突き落とされた…。

「信じられないか？　だが、事実だ。俺は、この目でしかと見たんだからな。兄貴がお前たちを突き落とすところを」

琳太郎の動揺を、思いがけない真実を知らされたがゆえだと勘違いしたのか、宗司は得意気に肩をそびやかした。

「…見て、た…？」

宗司の脅しのネタはわかった。

だが当時、宗司は村を出ていたはずなのに、どうしてそんなに都合良く兄の凶行を目撃出来たのか？

問われるまでもなく、宗司は琳太郎の疑問を察したらしい。

「お前が生まれる前から、兄貴はおかしくなっていた。ろくに地下殿にも行かず、当主の義務を果たそうともしない。もっと美容水を量産して、利益を倍増させるべきだと何度進言しても、お前に何がわかると喚《わめ》き散らす始末だ。あの事件の頃には憔悴《しょうすい》しきっていて、何か仕出かすんじゃないかと密《ひそ》かに見張っていたら、案の定、あんなことになった」

「父さんは…、どうして、あんなことを…？」

「さあな。おおかた、お前の母親に賢《さか》しい面で指図されるのに嫌気がさしたんだろうよ。嫡子を産んだからって、昼間から酒を飲んで暴れるなだの、外から女を連れ込むなだの、しょっちゅう差し出口を叩いていたから、無理も無い」

琳太郎にしてみれば、それはごくまっとうな忠告に思えるが、饗庭家の長男として甘やかされて育っただろう父には我慢ならなかったのか。だからあの日、ついに切れてしまい、母の命を奪った？

……違う、そうじゃない。

父は母ではなく、琳太郎を生贄だと言って殺《あや》めようとしていた。母は琳太郎を守ろうとして沼に落とされ、死んでしまった。

琳太郎も母と一緒に冷たい水底に沈んだが、死ななかった。誰かが……『おかあさん』が、助けてくれたから……。

「まあ、兄貴がおかしくなった理由なんてどうでもいい」

宗司は泉を掌で掬《すく》い、引っくり返しては、己の腕を伝い落ちる水をうっとりと眺めている。黒羽二重の袖がぐしょ濡れになるのも、構いもせずに。

「俺はお前たち母子の殺人を黙っているのと引き換えに、兄貴に『ＥＶＥＲ』の経営権を譲渡させ、兄貴の死後は俺を当主に指名するよう遺言書を作成させた。変若水もどんどん汲んで来させた。次男だからと差別され続けてきたこの俺が、いずれは饗庭家に君臨するはずだったのに……お前がっ！」

宗司の握り締めた拳《こぶし》から飛び出た飛沫が、あちこちに散った。色など無いはずの水滴が真っ赤に見え、思わずびくついた琳太郎を、宗司は容赦無く糾弾する。

「お前が生きて帰ってきた時から、俺の計画は狂い始めた。兄貴は素性も知れない瘤《こぶ》付きの女を後妻にして、言いなりになった。どうにかあの女を誑し込めたかと思えば、お前に家督を譲るよう、遺言書を書き換えさせていた？　俺に肌を許したくせに、今更、お前に乗り換えるだと？　…そんなことが、許せるものか…！」

ドォオォン……！

宗司が憎々しげに吐き捨てると同時に、固いはずの地盤がぐらりと揺れた。銅鑼《どら》を叩き鳴らしているかのような轟音《ごうおん》は、階段の上方…地上からがんがんと響いてくる。琳太郎は下りてきた階段を数段駆け上がり、懸命に首を反らすが、地上は遥《はる》かに遠く、何が起きているのか窺うことすら出来ない。

「ふん、始まったか」

宗司は驚く気配すら見せず、当然とばかりに鼻を鳴らした。異変の首謀者は、間違いなくここに居る叔父だ。

「あんた…、何をしたんだっ――」

「ふはは…っ、俺はな、もう、やめにしたんだよ。変若水を汲めるのは当主だけなんて、くだらないしきたりに縛られるのは」

　琳太郎が語気荒く詰め寄っても、宗司の得意満面の笑みは崩れない。鳴り止《や》まない轟音が、不安を際限無く掻き立てる。

「もう、当主の地位なんぞお前にくれてやる。…その代わり、俺はそれ以外の全てをもらう。変若水も、それによってもたらされる莫大な富も、あの女もなああっ！」

　ガンッ、ガラララッ……。

　何か硬く巨大なものが階段を滑ってくる気配に、琳太郎はとっさにその場から飛び退《の》いた。僅かな間の後、地鳴りのような音をたてながら拝殿まで落ちてきたのは、琳太郎がくぐってきた地下殿の扉だ。

　ただし、頑丈なはずの蝶番《ちょうつがい》は工具か何かで切断されており、竜の彫刻が施された本体も無惨にへこみ、ひしゃげてしまっている。まるで、大勢の人間に寄ってたかって蹴《け》られでもしたかのように。

「…まさか、あんたっ！」

　ざっと閃《ひらめ》いたのは、宗司が手伝いにと寄越した『ＥＶＥＲ』の若い男たちだ。あれだけの数が居れば、工具の類も隠し持てる。錠前さえ開錠されれば、年寄りばかりの村人たちを制圧し、扉を力ずくで外すのも不可能ではない。

「……っち、だ！」

「…に、…気をつけろ…！」

階段をどかどかと下りてくる大勢の足音と、確実に近付いてくる何人分もの声が、琳太郎の予想が正しいと証明してくれる。

「ここを制圧して、変若水を大勢で汲み出すつもりなのか――『ＥＶＥＲ』の社員は、饗庭の血族じゃないのに…！」

「ふんっ！　饗庭の血族以外は竜の怒りを買って引き裂かれるなど、当主の権威を高めるための偽りだ。現に、あいつらには何も起きていないだろうが」

宗司は傲然と断言し、琳太郎の手桶からひしゃくを奪い取ると、泉からざぶんっと水を汲んだ。そのまま己の口元に運び、胸を反らしてにいっと笑う。

「俺は若さを取り戻し、この村に…いいや、この国に君臨する。饗庭家もあの女も、全て俺のものだ……！」

ごくごくと喉を鳴らしながら、宗司はひしゃくいっぱいの水を一息で飲み干した。

薄めたものを小瓶《びん》一本飲んだだけで、実年齢五十代以上の女優を二十代の外見にまで引き戻した美容水の原液…変若水を、あれだけ大量に摂取したのだ。亜由美の時を凌駕《りょうが》する奇跡が起こるに違いない。

束の間、憤りも緊張も忘れ、琳太郎は叔父を見守った。だが、老いの刻まれた顔には何の変化も起きず、皺《しわ》の一本も消えない。亜由美の時には、小瓶を飲み干すと同時に効果が発現したにもかかわらず。

「…何故…だ？」

宗司は歳相応に老いたまま、しみの浮かんだ腕を愕然《がくぜん》と見下ろし、もう一杯水を汲んで飲んだ。果ては、ひしゃくを放り捨てて這いつくばり、水面に顔を突っ込んで渇いた犬のように水を啜《すす》る。それでも、効果はいっこうに現れない。

「何故だ…、ちくしょう、どうして若返らないっ――」

ほとんど上半身を泉に浸し、ばしゃばしゃと水を掻いては飲む。

子どもの遊びめいた動作を執拗《しつよう》に繰り返す叔父の注意を引かぬよう、琳太郎はじりじりと階段の方へ後ずさっていった。何故、変若水が効果を発現させないのか。そんな謎を解決するよりも、地上に居る璃綾の方が気にかかって仕方が無かったからだ。

元は村人やその縁者である『ＥＶＥＲ』の社員が、饗庭家の先代夫人である璃綾に手荒な真似をするとは考えづらいが、変若水は人に常識や理性を捨てさせてしまうだけの威力を持っている。

饗庭家に反旗を翻《ひるがえ》し、扉を破ろうとした社員たちに、璃綾が抗わなかったはずがない。もしも社員たちが璃綾を暴力で排除したばかりか、その美貌に魅せられ、群がったりすれば、いかに璃綾でも抵抗しきれないだろう。

琳太郎を裏切り、道具として利用することしか考えていないかもしれないのに、酷《ひど》い目に遭わされていると想像するだけで胸が潰れそうになる。

一刻も早く地上に戻り、無事を確かめたい。自分一人であの人数の社員たちを叩きのめすなどとうてい無理だろうが、璃綾を逃がす隙くらいは作れるかもしれない。

「くそおおおおっ！　お前かっ⁉　お前が何か細工をしたのか⁉」

だが、数メートルも離れないうちに、ぐしょ濡れの宗司は目を不穏にぎらつかせ、琳太郎に突進してきた。引きずり倒されそうになるのを、どうにか身体をひねってかわした弾みで、腰に差していた白鞘の短刀がするりと抜け落ちてしまう。

「あっ……！」

しまった、と琳太郎は懸命に手を伸ばすが、床に転がった短刀を宗司が拾い上げる方が早かった。宗司は鞘を抜き放つや、迷わず刃を琳太郎に向けてくる。

「言えっ！　何をした…俺の変若水にどんな細工をしたんだ⁉」

「細工なんて出来るわけないだろう！　俺は、ここに入ったのすら初めてなんだぞ⁉」

「嘘だ嘘だ！　地下殿の鍵は、あの女が管理していた。あの女に協力させれば、儀式の前にここに入るのは不可能じゃない！　ちくしょう…っ、皆して、俺をどこまで馬鹿にする気なんだ……！」

獣めいた雄叫《おたけ》びを上げながら、宗司は何度もめちゃくちゃに短刀を振り下ろす。

琳太郎はとっさに持ったままだった手桶を投げ付け、宗司が怯んだ隙に脱走を図るが、階段から誰かが下りてくる気配を感じ、びくんと立ち止まった。

『EVER』の社員たちが、もう辿り着いてしまったのか？

扉が破られてからまだそう経っていないはずだが、竜神の罰を恐れずに足を踏み入れるのは、彼らしか居ない。宗司もそう考えたのだろう。喜色も露《あら》わに叫ぶ。

「おいっ！　そこのガキを捕まえろ！」

「…や、…っ！」

こんなところで捕まって、殺されるわけにはいかない。地上に戻り、璃綾を助けなければ。

琳太郎は出口のすぐ脇に避《よ》け、侵入者と入れ替わりになって階段を駆け上がろうと試みた。だが、侵入者はまるで予測していたかのように琳太郎の前に立ちはだかる。

「……えっ？」

ぱちぱちと目をしばたたいてしまったのは、現れたのが『EVER』の社員ではなく、しなやかな長身の少年――濫だったからだ。

どうして濫がここに？　地上は宗司の配下たちによって制圧されたのではないのか？

仮に彼らから逃れ、ここに逃げ込んだにしても、階段の途中で必ず『EVER』の社員たちに遭遇してしまうはずだ。暗闇にまぎれてやり過ごした？　それにしては、濫よりも先行していたはずの社員たちがいつまで経っても下りて来ないのは何故だ？　そう言えば、彼らの足音も話し声も、いつの間にか聞こえなくなっている。

「言っただろう？　私がお前を守ると」

疑問だらけの琳太郎に滥は微笑み、宗司に向き直った。ぽかんと放心していた宗司はみるまに青褪《あおざ》め、びしょ濡れの身体を小刻みに震わせ始める。すっかり冷え切ってしまったせいではなく、滥が発する怒りに気圧《けお》されて。

「お…、お前、滥…なんでここに…？　部下は、何をしているんだ…？」

「お前の手下どもなら、村の者と一緒に全員眠ってもらっている。目が覚めれば、お前に命じられて暴れたことも、全て忘れているだろう」

「何を言って…忘れるだと？　そんなこと、出来るわけが……っ、ヒ、ヒィイイイッ！」

魂消《たまぎ》えるような叫びを上げ、宗司はへなへなと腰を抜かした。

岩壁に手をついていなければ、琳太郎もまたへたりこみ、呆然《ぼうぜん》と見上げるしかなかっただろう。人の輪郭を陽炎《かげろう》の如く空気に溶かし込み、人ならざるものへと変貌を遂げていく滥を。

――夢で見たのと同じ、白銀の鱗《うろこ》をきらめかせた竜を。

「ば、ばばば、馬鹿な、ありえない、ありえない…っ」

宗司はぶんぶんと首を振っているが、本当はもうわかっているはずだ。これは作り物でもCGの類でもなく、現実だと。竜鱗《りゅうりん》から絶えず放たれる肌を刺すような冷気、少しでも気を抜けばひれ伏してしまいそうになる威圧感と神々しさは、人の手が作り出せるものではない。

「――愚かな饕庭の末裔《まつえい》よ」

鋭い牙を生やしたあぎとから発されたのは、僅かにくぐもり、荘厳さを増してはいるものの、確かに濫の声だった。

「お前は大きな過ちを犯している。そこなる泉は確かに我が神域と人の世の境界だが、それだけだ。私がかつて我が通力を宿し、お前の祖に与えた変若水は……これだ」

濫がしゃらしゃらと竜鱗を鳴らすと、窓一つ無い空間に一陣の風が吹いた。風は祭壇に祀られていた瓢箪を宙にさらい、宗司の手元まで運ぶ。

「これ…が…、変若水…だと?」

宗司は震える手で栓を抜き、瓢箪を逆さまにしたが、一滴の水も落ちてこない。空っぽなのだ。濫の言葉が正しいなら、瓢箪は変若水で満たされていたはずなのに。

「…そうか…！」

突如、璃綾に地下殿に案内されてからくすぶり続けていた疑問の答えが稲妻のように落ちてきて、琳太郎は棒立ちになった。

ずっと、不思議だったのだ。何故父は、宗司に強要されるまで、変若水を汲みに行くのを厭《いと》うていたのか。

「汲みに行かなかったんじゃない。行けなかったのか……」

変若水が尽きずに湧き出る泉ではなく、大振りの瓢箪一つを満たすだけの限りある資源だったのなら、いくら薄めて美容水に用いたとしても、数代前から汲み出し続ければ、その残量は著しく減っていたはずだ。

おそらく、父が当主の座に就いた頃、変若水は底を尽きかけていたのだろう。

汲水の儀でそれを知った父は、残り僅かな変若水を少しでも長く持たせようと、地下殿に下りる回数を極力減らした。

しかし、宗司にはその本当の理由がわからず、父を妻子殺害の一件で脅迫し、何度も変若水を汲んで来させた。父もまた、当主ではない宗司に変若水の真実を教えるわけにはいかなかった。結果、変若水はとうとう一滴残らず枯渇してしまったのだ。

「……本来、変若水は、饗庭の一族のために与えたのだ」

琳太郎の予想を肯定するように、濫は長い髭《ひげ》をそよがせた。溜息をついたらしい。

「私が長き再生の眠りに就く間、我が贄となるべき血統が絶えぬよう、怪我《けが》や病を癒すために与えたものだった。だが、私の意志は年月が巡るにつれ失われ、富を得るための資源に成り果ててしまった……」

竜神の深い嘆きが伝わってきて、琳太郎は居たたまれない気分になった。

伝承によれば、竜は…濫は人々を守るために大蛇と戦い、眠りに就いたという。死力を尽くして守ってやった人々が、目覚めてみれば金の亡者と化し、与えた変若水を商品として売り捌《さば》いていた。挙句、宗司のこの凶行である。人間という生き物に、絶望してもおかしくない。

なのに濫は琳太郎に、どこまでも澄んだ、優しい眼差しを送るのだ。

「琳太郎。お前が罪悪感を覚える必要は無い。お前は一族の、言わば犠牲者なのだから」

「犠牲者…？」

「そうだ。お前は待ちわびた私の贄として、そして饗庭家の嫡子として生まれてきた。お前の父親は、枯渇しかけていた変若水をどうにか再び授かろうと、お前を殺め、生滝に沈めようと血迷ったのだ」

そこから先は、説明されるまでもなかった。

生贄にされかけた琳太郎を、母は危ういところで救い、助けを求めて逃げ出した。そしてとうとう菖蒲沼に突き落とされても、腕の中の我が子だけは決して離さなかった。岸辺には、鬼と化した夫が待ち構えていたから。

母は願った。自分はどうなってもいいから、幼い我が子だけは助けて欲しいと、死ぬ間際まで…魂が身体を離れてもなお祈り続けた。

そして、救いはもたらされたのだ。夜空を宿した沼の水よりもなお黒く、凝った闇の化身となって。

「…あれ、は」

琳太郎の救い主は、短い間に、何度か姿を変えた。最初は太い胴をくねらせた蛇。次は艶やかな黒髪の、璃綾と同じ顔をした青年。そして最後に……濫と正反対の、黒銀の鱗に覆われた、竜。

『琳、私の琳』

『ずっと一緒ですよ……私の、愛しい琳……』

「おかあ、…さん？」

無意識に呟《つぶや》いた瞬間、思い浮かんだのは、喪服を纏った璃綾だった。違う、あれは義母であって『おかあさん』じゃない。打ち消そうとすればするほど、璃綾と『おかあさん』の姿は混ざり合い、増殖しながら琳太郎の頭を占領していく。

「…くそぉっ！」

囚われそうになった琳太郎を引き戻したのは、荒々しい怒号だった。空の瓢箪を床に叩き付けた宗司は、抜き身の短刀を構え、濫と琳太郎をぎらつく目で睨み付ける。

「嘘だっ、嘘だ嘘だっ！　変若水が、枯れたりするものかぁっ！」

「……愚か者が」

「ぐわあああっ！」

濫が鋭い爪の生えた指を微《かす》かに揺らすだけで、宗司は泉のほとりまで吹き飛ばされた。

無様に転がった宗司に、濫は竜身をくねらせ、おごそかに告げる。

「いい加減、欲望に曇ったその目を開け。私が与えた変若水は尽きた。そして、もう二度とお前たちに変若水を与えはしない。琳太郎という贄が生まれてきてくれた以上、もはや饗庭の血筋を守る必要は無いからな」

「…な、あ、あっ…」

「神は故無く人を傷付けられないが、琳太郎に刃を向けたその時から、お前は我が敵になった。大人しく現実を受け容れ、引き下がるなら追わぬ。だが、あくまで刃向かおうとするのなら、容赦はしない」

「あっ…、ああっ、うわあああっ！」

一目散に逃げ出してしまいたい本能的な恐怖と、莫大な富を生む変若水を諦めきれない欲望がごちゃ混ぜになったかのように、宗司は短刀をぶんぶんと振り回した。

だが、汗と水で濡れていた柄はつるりと後ろに滑り、宗司の手の中からすぽんっと抜け落ちてしまう。

「ぎゃあああー……っ！」

宗司が絶叫し、短刀に深々と傷付けられた指先を泉の中に突っ込んだのは、そこに湧き出るのが変若水だと未だ信じていたからだろうか。

ただの水に、傷を癒す力など無い。だが、変化は起きた。宗司に、ではない。支配者としてこの場に君臨していたはずの存在にだ。

「…グッ、ウゥ…ッ」

「濫さん…!?」

濫が堂々たる竜身をうねらせ、四肢で苦しげに宙を掻き始めた。泉に宗司の血が広がれば広がるほど四肢の痙攣《けいれん》は悪化し、宙をのたうちまわる。

もしも琳太郎が当主としての教育をきちんと受けていれば、察することが出来ただろう。竜神は穢れを嫌う。眠りから覚めたばかりで贄も喰らわず、まだ往時の半分も通力を取り戻していない濫が神域を穢されれば、少なからぬ痛手を受けるのだと。代々竜神を奉じ続けてきた一族でありながら、欲望に暴走した宗司が穢れの源であれば、尚更《なおさら》だ。

「しっかりして下さい、濫さ……っ！」

濫の正面に回り込もうとしたとたん、足元を何かに掬われ、琳太郎は顔面から地面に倒れ込んだ。

四つん這いになって振り返れば、どこにそんな力が残っていたのか、宗司が血走った目をぎょろつかせながら、血塗《ちまみ》れの手で琳太郎の足首をがっちりと拘束している。

「くく…っ、くくくく…っ、おしまいだ…俺はもう、おしまいだ…」

「この…っ、放せっ…！」

片足を手加減無しに引っ張られているせいで、立ち上がることすら出来ない。琳太郎はしゃにむに足をばたつかせ、宗司を振り払おうとするが、喰らい付いてくる力の方が強かった。床に爪をたてて抵抗したのも虚《むな》しく、泉のほとりまでずるずると引きずられる。

あたりに漂う冷たい水の匂いは、死臭に似ていた。十八年前、父の手で沼に突き落とされた時、母の腕の中で嗅《か》いだのと同じ匂いだ。

「だが、一人では終わらん…。お前も、道連れだっ！」

「や…っ、だ…、あああああ……！」

宗司が琳太郎もろとも泉に身を投げるや、抵抗も、張り上げた悲鳴も、零《こぼ》れた涙すらも、飛《し》沫《ぶき》と水音にかき消された。

容赦無く押し寄せてくる水が、全身の血を一瞬で凍り付かせる。どうにか浮かび上がろうと懸命にもがいても、宗司という重石が水中でも離れずがっちりしがみついているせいで、沈んでゆく一方だ。

開きっぱなしの口からごぼごぼと入り込んでくる水が、残り少ない息を無慈悲に奪う。どこまでも透明だった視界が、暗く濁ってゆく。

きっと、完全に闇に閉ざされた時、自分は死ぬのだ。

——まだ、駄目だ。

ほのかに滲んだ諦念を、生を渇望する鼓動が打ち消した。

——だって、まだ確かめていない。璃綾が本当に自分を騙していたのか。あの優しさと愛情は、全て偽りだったのか。

『璃綾…、さん…』

呼びかけは声にはならず、水泡となって消えるだけ。だが、何故か、伝えたい相手には届く気がした。かつて、母の声ならぬ声を聞き付け、琳太郎を死の運命から救い出してくれたように。

会いたい。会って、またあの優しい声で呼ばれて、愛されたい。荒々しい腕に、熱も欲望も全て奪い尽くされてしまいたい。

だって琳太郎は、璃綾の可愛い子どもなのだから……璃綾に愛してもらえるのは、琳太郎だけなのだから。ずっと一緒に居ると、約束したのだから。あの、青い光の揺らめく空間で。三年間、慈しんでくれた『おかあさん』と、喪服を纏い、義母として現れた璃綾が、頭の中でぴたりと重なる。

『璃綾さん…っ、璃綾さん、助けて、璃綾さん……！』

心からの願いを最後の息と一緒に吐き出した瞬間、闇に閉ざされつつあった視界が、ぱあっと青く染まった。

青い光を纏わせて現れたのは、濫よりも一回り大きな、漆黒の鱗の竜だった。

さっきまで琳太郎に容赦無くのしかかり、水底へ引き込もうとしていた水は、黒き竜の顕現と同時に重さを失った。鋭い鉤爪《かぎづめ》が僅かに上下しただけで、しがみついて離れなかった宗司は竜のしもべと化した水にあっさりと引き剥がされ、突如発生した水流によって押し上げられて

いく。

琳太郎に見えたのは圧倒的な水流に翻弄される黒紋付の背中だけだったが、傷を負い、冷たい水に長時間沈んでいたのだ。おそらく、絶命しているだろう。兄嫁と甥《おい》を沼に突き落とした一件で兄を脅迫し続けてきた宗司が、その兄嫁と同じ水中で死を遂げるとは、皮肉としか言いようが無い。

「…璃綾さん…」

唇から零れた声は、さっきまでとは異なり、確かに空気を振動させた。琳太郎と黒竜の周囲だけ、まるで跪くかのように水が避け、呼吸の出来る空間を造り上げているのだ。

髪や肌、ぐしょ濡れだった単や袴、下着にいたるまで、全てさらりと乾いている。ごわついた感触は一切無く、一度水に浸《つ》かったのが信じられないほどだ。

ひんやりとした空気。青くきらめく光。外界のざわめきから切り離された静謐《せいひつ》。何もかもが懐かしくてたまらない。

「璃綾さんが…、『おかあさん』だったんですね…」

母と共に沼に落ちた自分を受け止めてくれた美しい青年。苦しげにもがいていた黒い大蛇。そして、大蛇の殻を破って現れた、神々しい黒き竜。

今ならわかる。あれらは全て『おかあさん』で…璃綾だったのだと。だって、琳太郎の命を救い、あそこまで慈しみ、愛してくれる人など、他に存在するはずがないのだから。

亡き母は、命と引き換えに琳太郎を守ってくれた。

祖父母は娘の忘れ形見を憐れみ、何不自由なく育ててくれた。

愛情に恵まれなかったわけじゃない。けれど、いつもなんとなく不安で、ここは自分の居る場所ではないと、どこかで思っていた。『おかあさん』と過ごした三年間がただの幻覚だったのだと思い込もうとしながら、ずっと願っていた。

帰りたい。

あの青い光の揺らめく空間に、『おかあさん』の元に帰りたいと。

「……どうして、俺をいきなり地上に返したりしたの？　俺、ずっと一緒に居たかったのに…」

「…貴方が、欲しかったから」

長い間、胸の中でくすぶっていた疑問をぶつけると、黒竜はぶるりと巨軀《きょく》を震わせた。

邸の鬼瓦に刻まれたよりもずっと荒々しく、その気になれば人間の一人や二人、鉤爪一本で引き裂いてしまえるはずの竜が、まるで叱られるのを恐れる子どものようだ。

「貴方を一目見た瞬間から、我が子としてだけではなく、永遠を共に生きる伴侶として欲しくなってしまったから…」

人間は、神域に留《とど》められている間は歳を取れない。だから璃綾は一旦琳太郎を人の世に返し、肉体が最も充実するまで待ったのだという。本来の所有者である濫に奪われぬよう魂に印を刻んで。

「貴方を返した後、私は饗庭家に入り込み、貴方を迎える準備を整えていました。貴方を殺めようとした父親の魂を抜いて傀儡《かいらい》にし、宗司や村の男たちを通力で誑し込み…濫よりも私を選んでもらうために、他にも、貴方にはとても言えないようなことまでやった…」

「璃綾さん……」

「そんな私でも…許してくれますか？　愛して…受け容れて、くれますか？」

ひたすら琳太郎の機嫌を窺う璃綾に、琳太郎は苦笑してしまった。

許さない、嫌だと拒んだところで逃がしてくれるつもりも無いのだろうに、と呆《あき》れたから…だけではない。自分でも不思議なくらい、嫌悪も憎悪も覚えなかったからだ。

父親を殺したのは自分だと告白されたにもかかわらず、父があああもタイミング良く死んだのは、璃綾が父の骸《むくろ》を操るのをやめたせいだったのかと納得するだけだ。むしろ、璃綾が自分を裏切っていなかったと判明した喜びの方が大きい。

実父の手で殺されかけ、璃綾の神域に落ちたその時から、自分は人間ではなくなっていたのかもしれない。愛情深く育ててくれた祖父母も、気のいい仲間たちも、夢中になっている漫画も小説もゲームも、どうでも良くなってしまうなんて。

……琳太郎だけのために生きてきたこの竜を、一人にしたくないと思うなんて。

「…琳、って呼んで。昔みたいに」

「……え…？」

「それから、もう俺以外の奴に優しくしないで。傍にも寄せないで。……そうすれば、許してあげる」

「…っ…、あ、あぁ…っ、琳……私の…、可愛い琳……！」

歓喜の咆哮《ほうこう》に共鳴し、揺れる水の中、黒竜はみるまに輪郭を失い、まばゆい光を放った。とっさに目を覆う間も与えられず、琳太郎は懐かしい腕の中に閉じ込められる。息苦しさに顔を上げれば、今までよりもなお輝く美貌が間近にあって、唇を奪われてしまう。

「……んー…っ…、ふっ、うぅっ…！」

息苦しさに背中をぽすぽすと叩き、解放して欲しいと訴えても、抱擁がますます強まるだけだった。

人間ではありえない長さを誇る舌が唇の隙間から入り込み、口内ばかりか喉奥までも侵し、二つに割れた舌先でちろちろと粘膜を舐め回す。

「…可愛い…、私の琳…」

嘔吐感《おうとかん》と紙一重の快感から解放されたのは、すっかり息も上がった頃だった。楚々《そそ》とした見た目よりも遥かに逞《たくま》しい腕で琳太郎を支え、璃綾は可愛くてたまらないとばかりに頬をすり寄せてくる。

「約束します。これから先、私が触れるのも、愛するのも、貴方だけです」

せん」
「はい。私は貴方のために封印を破り、神になったのですから、貴方との誓いは決して違《たが》えま

「…は…、ぁ…、本当…、に…?」

かつて暴虐の限りを尽くし、誰からも忌まれていたという大蛇は、琳太郎への愛情ゆえに神になった。竜神の贄になるために生まれてきた琳太郎は、異端の神の手を取り、沈もうとしている。何とも不思議な巡り合わせだ。

「…そう言えば、滥さんは大丈夫なのかな? すごく苦しそうだったけど…」
「神域を穢され、一時的に弱っているだけです。穢れの源である宗司の遺体が取り除かれれば、おいおい力を取り戻し、追いかけてくるでしょう。……ですから……」

ふと漏らした疑問に、璃綾は眉を顰めつつも答え、一旦身を離した。どうしたのかと首を傾げる琳太郎に、すっと手を差し出す。

「あの白いのに追いつかれる前に、私の神域の奥に入らなければなりません。一度入ってしまえば、人間は二度と出られない。……出す気もありません。それでも…来て、くれますか?」

迷いを覚えなかったと言えば嘘になる。滥の贄として生まれてきながら璃綾を選び、育ててくれた祖父母を残していくのだ。後継者の消えた饗庭家は滅び、変若水という富の元を失った淵上村も、衰退の一途を辿るだろう。

「……うん」

それでも、琳太郎は微かに震える璃綾の手を取った。

わけもわからず、唐突に『おかあさん』と引き離され、人の世に放り出された時のあの不安。璃綾に群がる村人たちを見るたびに湧き上がる疝ましさを、もう二度と味わいたくはない。

「今度は、絶対に離さないで……」

「ええ…琳、勿論です。もう、どこにもやりませんから……」

嬉しげに微笑んだ璃綾と手を繋ぎ、琳太郎はゆっくりと、青い光の揺らめく方へと歩き出した。

あとがき

こんにちは、宮緒葵《みやおあおい》です。『沼底から』をお読み下さりありがとうございました。こちらは八年ほど前に前レーベルから発行されましたが、縁あってキャラ文庫さんで出し直して頂けました。

私は昔から喪服が大好きでして、いつか攻めにも喪服を着せてみたい…！　という願望を叶《かな》えたのがこのお話です。そこに因習深い村や村人たちも加わって、好きなネタだらけですね。執筆したのはだいぶ前ですが、とても楽しかったのは今でも覚えています。

出し直しに当たり原稿を読み返すと、前作『鬼哭繚乱』でもそうでしたが、当時とは違う感想を抱きました。濫が可哀想すぎる…。どう考えても璃綾の方が悪役で掟《おきて》を破っているのに、長い間待ちわびていた琳太郎を奪われたばかりか、あんな形で逃げ切られるなんて。真面目にルールを守る方が痛い目を見るのは、人も神も同じなのかもしれませんね。璃綾が琳太郎を手放すことは何があっても無いでしょうから、せめて濫にも今後良き伴侶が見付かりますようにと願うばかりです。

琳太郎が居なくなった後の饗庭家と淵上村は急激に衰退し、『ＥＶＥＲ』も含め、数年ももたずに消滅してしまうでしょう。琳太郎の祖父母には、琳太郎が璃綾に頼み込み、夢枕でメッセージを送るので、寂しさはあっても安らかに過ごせたと思います。美容水を愛用していた顧客たちの末路は悲惨でしょうが、それが自然の摂理なので…。

今回のイラストは北沢《きたざわ》きょう先生に描いて頂けました。北沢先生、喪服の義母攻めという難しいお話にもかかわらず引き受けて頂き、ありがとうございました！　きっと素敵な義母と可愛い子を拝めると、今からとても楽しみです。

担当のY様、今回もありがとうございました。おかげさまで再び喪服の義母を読者さんにお届け出来ました。

何よりもお読み下さった皆様、重ね重ねありがとうございます。『鬼哭繚乱』に引き続き、また紙の本で過去のお話を出し直して頂けたのは、皆様のおかげです。最近書いているものとは少し傾向の違うお話ですが、楽しんで頂けたら嬉しいです。

さて、後書きの次からは書き下ろしです。

琳太郎が璃綾の神域に連れて行かれたその後はどうなったんですか、と以前から聞かれていたので、少しだけお届けします。あの二人なので相変わらずの日々ですが。よろしければ、ご感想を聞かせて下さいね。

それではまた、どこかでお会い出来ますように。

宮緒　葵

璃綾《りりょう》に手を引かれ、琳太郎《りんたろう》は青い光が揺らめく空間に降り立った。璃綾の気配と神力に満たされた空気に懐かしさを覚えるより早く、左胸がずきんと疼《うず》く。

「ああ……、綺麗に浮かびましたね」

璃綾は微笑み、琳太郎の単衣《ひとえ》の襟をはだけた。さらけ出された左胸…ちょうど心臓の真上あたりに、逆さに生えた鱗《うろこ》のような黒いあざが浮かんでいる。ついさっきまで、こんなものは無かったはずだ。

「これは……」

「貴方が私のものになったという証《あかし》です。……これでもう、誰にも貴方を奪われない」

黒い瞳をうっとりと蕩《とろ》かせ、璃綾は黒いあざを撫《な》でた。そういえばここで璃綾と共に暮らしていた頃、幼い琳太郎に璃綾が自分の子だという証を刻んでいると聞かされた覚えがある。きっと璃綾の神域に戻ってきたことにより、それが完成したのだろう。艶《つや》のある黒いあざは、璃綾が竜に変化した時の鱗にそっくりだ。

……逆さに生えた鱗は、確か逆鱗っていうんだよな。

一枚だけ生えているそれに触れられた竜は怒り狂い、触れた者を殺してしまうという。璃綾がどれほど自分を大切に思ってくれているかが伝わってきて、琳太郎は熱を帯びてきた手に身を任せかけ…はっと我に返った。

「待って、璃綾さん」

「琳……？」

不思議そうな璃綾の瞳の奥に、欲情の炎がちらついている。ようやく己の領域に連れ戻せた琳太郎を、すぐにでも貪《むさぼ》りたいのだろう。現世での出来事をすっかり忘れ去ってしまうくらい荒々しく。

琳太郎だってそうされたいが、その前にやらなければならないことがあるのだ。

「…俺…、璃綾さんの、全部に、触りたい」

璃綾は言った。琳太郎の父親の魂を抜いて傀儡《くぐつ》にしたばかりか、宗司《そうじ》や村の男たちまで通力で誑《たら》し込み、琳太郎にはとても言えないようなことまでやってきたのだと。

琳太郎を取り戻すためだったのだから、責めるつもりは無い。宗司たちが琳太郎のように可愛がられたこともきっと無いだろう。…けれど、それで嫉妬心までもが消えてなくなるわけではない。足袋《たび》越しとはいえ、宗司が璃綾の爪先にむしゃぶりついていた光景を思い出すとはらわたが煮えくり返りそうになる。

「俺、…まだ、璃綾さんの全部に触れてないから…全部触って、俺以外の奴らの感触を忘れさせたい…」

「…琳…、ああ、琳…っ……」

琳太郎の嫉妬を感じ取ったのだろう。璃綾は歓喜に打ち震え、琳太郎をかき抱く。

「可愛い子…私の可愛い琳。貴方が望むのなら、いくらでも」

耳朶《じだ》を舐《な》められると同時に風景が切り替わり、琳太郎は柔らかな寝台で璃綾に抱き締められていた。覚えのある匂いと感触に、遠い昔の記憶がよみがえる。幼い頃の琳太郎は、毎日のようにここで璃綾に可愛がられていた…。

「……おかあ、さん……」

唇からこぼれた声は、自分でも嫌になるくらい甘ったれていた。

いい子、と頭を撫でられた直後、纏《まと》っていた衣が全て消え失せ、琳太郎は裸になる。生まれたままの姿で愛し合いたいという琳太郎の希望を、璃綾が叶えてくれたのだ。もちろん璃綾もその美しい裸身を惜しげも無くさらしている。

はあ…、と熱い息を漏らし、琳太郎は璃綾の足元まで寝台をずり下がっていった。琳太郎の願いを承知している璃綾は、請われるまでもなく脚を上げ、しなやかで美しいその爪先を差し出してくれる。

琳太郎しか触れることを許されないはずのそこに、宗司は触れたのだ。膨《ふく》れ上がる嫉妬の炎に突き動かされるがまま、琳太郎は形のいい親指にしゃぶり付いた。

「ん……っ……」

甘い呻《うめ》きと一緒に漏れ出る唾液が、たちまち璃綾の親指を濡らしていく。

少しだけ、ほんの少しだけ、宗司の気持ちがわかってしまった。こんなにもかぐわしく甘いものを与えられたら、そこに愛情など欠片《かけら》も無いと承知していても、貪らずにはいられなかっただろう。

……でも、俺だけ、だから。

上目遣いの視界に映る璃綾の紅く染まった頬や、快楽に潤む双眸《そうぼう》が、これ以上無いほどの優越感と幸福をもたらす。

琳太郎だけなのだ。璃綾がなまめかしい媚態《びたい》を見せてくれるのは。琳太郎が璃綾の唯一絶対の伴侶で、可愛い可愛い子どもだから。

「あっ……、あ…ぁっ……」

ちゅぷ、ちゃぷ、と濡れた音をたてて親指から人差し指、そして中指をかわりばんこに舐めしゃぶるうちに、股間までもが熱く滾《たぎ》ってきた。璃綾以外を見詰める余裕なんてとても無いけれど、そこはきっと震えながら勃ち上がり、随喜の涙を流しているだろう。

「……琳……っ」

耳を蕩かすほど甘い溜め息が聞こえたかと思えば、見えない手に身体を持ち上げられ、あお向けに横たわる璃綾にまたがる体勢になっていた。背中を撫でられ、琳太郎は思わずまなじりを吊り上げる。

「…まだ、全部舐めてなかったのに…っ…」

「ごめんなさい、可愛い子。……でも私も、そろそろ限界です」

ぐり、と尻のあわいに押し付けられた璃綾のものは硬く、焼かれてしまいそうなほど熱い。おしゃぶりをする自分に璃綾が興奮してくれていたのだと思うと、責める気持ちはたちまち消え去り、代わりに限りない愛おしさが溢れ出る。

「……おかあさん、見てて……」

琳太郎は璃綾に背中を向ける体勢でまたがり直すと、後ろ手で璃綾の雄をそっと摑《つか》んだ。その熱さと逞《たくま》しさに恍惚《こうこつ》としながら、手探りで先端を己の蕾《つぼみ》にあてがう。

ちゅうっ、と蕾と先端が熱烈なキスを交わし、琳太郎はぞくぞくと背筋を震わせた。ごくんと息を呑む音や突き刺さる熱い眼差しが琳太郎をいっそう大胆にする。璃綾に見て欲しい。琳太郎がどうやって璃綾を受け容れるのか……どれほど璃綾を欲しがっているのか。

「……あ、あ、……あぁぁ……っ！」

ろくに解されてもいないはずの蕾は、熟しきった先端を難なく呑み込んだ。待ち望んでいたものに満たされる喜びにくずおれてしまいそうになるのを堪《こら》え、琳太郎は少しずつ腰を落としていく。

かすかな痛みすらも無い。あるのは喜びと、目がくらみそうなほどの快感だけだ。寝台の周りに揺らめく青い光に琳太郎は見惚れる。璃綾の力に満たされたこの神域では、何もかもが璃綾の思いのまま。琳太郎が望めば、いつまでだって、どれだけだって可愛がってもらえるに違いない。

「琳、可愛い子……私だけの、可愛い可愛い子……！」

根元まで受け容れたとたん、たまらないとばかりに上体を起こした璃綾が背後から琳太郎を抱きすくめる。腹の奥まで迎え入れていた雄はずぽりとさらに奥へ嵌《は》まり込み、腹を突き破れそうな衝撃と、それをはるかに上回る快感に、琳太郎は声にならない悲鳴を上げた。

「愛しています、私の可愛い琳……」

琳太郎の頬を伝う涙をねっとりと舐め上げながら、璃綾は左胸に刻まれた逆鱗のあざを指先でなぞる。きゅん、と腹が疼き、琳太郎は腹の中のものを締め上げてしまった。限界が近かった雄は出して出してとねだる媚肉に抗いきれず、熱い飛沫をぶちまける。

「あ……、おかあさん、のが……」

媚肉に璃綾の精が染み込んでいく感覚に酔いしれ、うっとりと触れた腹はしとどに濡れていた。琳太郎もまた、中に出されるのと同時に達していたらしい。璃綾が精液に濡れた手を引き寄せ、長い舌で舐め取ってくれる。

「もっとたくさん、飲ませてあげますからね」

「本当……？」

「ええ。……私たちには限り無い時間があるのですから」

また逆鱗のあざをなぞられ、締め上げてしまった雄がみるまに逞しさを取り戻す。

青い光の揺らめく中、抱き合う二人の甘い声が絶えることは無い。

この本を読んでのご意見、ご感想を編集部までお寄せください。

《あて先》〒141-8202 東京都品川区上大崎3-1-1 徳間書店 キャラ編集部気付
「沼底から」係

【読者アンケートフォーム】

QRコードより作品の感想・アンケートをお送り頂けます。

Chara公式サイト http://www.chara-info.net/

■初出一覧

沼底から……フランス書院刊（2015年）

※本書はフランス書院刊行プラチナ文庫を底本とし、番外編を書き下ろしました。

Chara

沼底から

【キャラ文庫】

2023年12月31日　初刷

著　者　宮緒　葵

発行者　松下俊也

発行所　株式会社徳間書店

〒141-8202　東京都品川区上大崎3-1-1

電話　049-293-5521（販売部）

03-5403-4348（編集部）

振替　00140-0-44392

印刷・製本　株式会社広済堂ネクスト

カバー・口絵

デザイン　カナイデザイン室

ISBN978-4-19-901119-1